宿題ロボット、ひろったんですけど

トーマス・クリストス・作
もりうちすみこ・訳
柴田純与・絵

もくじ

はじめに

オルビーは、小さなロボットだ。

頭は、ちょうどカボチャのよう。

目玉は、なめてツルツルになったレモンドロップみたい。

背《せ》たけはたったの１メートル。

でも、とびっきりかしこいんだ。

どれくらい、かしこいのかって？

たったひとりで、宇宙船《うちゅうせん》を操縦《そうじゅう》できるほどさ。

というのも、そもそもオルビーは、そのためにつくられたロボットなんだ。

オルビーの仕事は、何年も、何十年も、何百年も、はてしない宇宙《うちゅう》を旅して、知らない惑星《わくせい》を調査《ちょうさ》することだ。

そんな帰ってこられない長い旅は、人間にはむり。ロボットにしかできない。

人間は、地球にいる家族のところへ帰ってきたいし、はち植えに水をやったりしなくちゃならないからね。

さて、オルビーは、いよいよ宇宙《うちゅう》へ旅立つため、南アメリカの宇宙《うちゅう》センターにおくられることになった。

でも、その前に、ほんとうにどこにも故障《こしょう》がないかどうか、さいごのテストをうけなくちゃならない。

ところが、そのたいせつなテストの前の晩《ばん》、時計が12時を打ったとたん、あたりをはげしい嵐《あらし》がおそった。

計算がとくいな科学者も、かしこい気象予報士《きしょうよほうし》も予想できなかった、とつぜんの嵐《あらし》だ。

雨が、滝《たき》のようにふりつづいた。

ものすごい雷《かみなり》が鳴ったので、だれの耳からも耳あかがとびだした。

稲妻《いなずま》があんまり明るいので、夜なのに、みんなサングラスをかけなくちゃならなかった。

それだけじゃない。

大きな雷《かみなり》が、発電所に落ちたんだ！

すぐに停電《ていでん》になった。

どこもかしこも、まっ暗。

エレベーターもとまってしまった。電車もみんなとまった。テレビもうつらない。

大きなロボット研究所の中も、シーンとしている。

すべての機械《きかい》に電気が流れなくなったので、コンピューターも1台のこらず、いきなり終了《しゅうりょう》してしまった。

でも、さすが最新《さいしん》の研究所！　それから1分後には、非常用電源《ひじょうようでんげん》にスイッチが入り、すべてがもとどおり動きだした。

すべてが？

いや、じつは、すべてじゃなかった。

たったひとつ、小さなロボット、オルビーのだいじなヒューズが、切れていたんだ。

そして、そのせいで、オルビーに、たいへんなことが起こっていたのに……。

1 計画どおり？

オルビーをつくった科学者たちは、そのことにまったく気づかなかった。

嵐《あらし》のよく日、科学者全員が、予定どおり、オルビーのさいごのテストをしようと集まった。

オルビーをつくるために、長い年月がかかっていた。その苦労《くろう》がむくわれるかどうか、ついに、きょうわかるのだ。

科学者たちは、きびしい校長先生みたいな顔で、オルビーの前にならんだ。

さあ、いよいよテストのはじまりだ！

「ロボット、オルビー！　つぎの問題を解《と》きなさい！　ルート６５６５７×４６４６４６÷５４５４６は？」

小さなロボットは、すぐにこたえた。

「２１８２．７２８９６７８３０４です」

もちろん、正解《せいかい》。

博士《はかせ》たちは満足《まんぞく》そうにうなずき、さらにたくさんの問題をだした。

問題がむずかしくなればなるほど、オルビーは、速くこたえる。

世界一頭のいいロボット、オルビーは、ただのひとつもまちがえない。

でも、オルビーは、人間のふつうのくらしに役立つようなことも、じょうずにできるのかな？

科学者は、こんどは、こんな問題をだした。

「自分の名前を、きれいな字で書きなさい！」

オルビーは、右手で器用《きよう》に万年筆をつかむと、とてもきれいな字で「**オルビー**」と書いた。

そのあと、「**ービルオ**」とうしろからも書いた。

それから、中国語でもロシア語でも、地球上にあるほとんどすべてのことばで、自分の名前を書きあげた。

それでも、まだテストは終わらない。

「この時計を分解《ぶんかい》し、それから、もとどおりに組み立てなさい！」

所長が命令《めいれい》して、つくえの上に、とても小さなうで時計を置《お》いた。

オルビーは、人さし指を、小さなドリルにしたり、ねじまわしにしたりすることができる。その時計をまたたくまに分解《ぶんかい》し、それから、０．００１秒もかけずに、もとどおりに組み立ててしまった。

これを見たら、どんな時計職人《しょくにん》もびっくり仰天《ぎょうてん》、思わず鼻水たらしちゃうだろうね。

うで時計の針《はり》が、ふたたびチクタクと動きはじめたのを見て、科学者たちはうなずきあった。ついに、さいごの重要《じゅうよう》な問題をだす時がやってきたのだ。

「さあ、こたえなさい、オルビー！　きみの任務《にんむ》はなんだね？　なんのために、きみはつくられたのだ？」

オルビーはすぐにこたえた。

「オルビーは、つぎのようなとくべつな任務《にんむ》のためにつくられました。すなわち、宇宙船《うちゅうせん》で宇宙《うちゅう》へとんでいき、まだ知られていない惑星《わくせい》を調査《ちょうさ》することです」

これを聞いて、科学者たちはほっとした。

これで、ようやく、このスーパーロボットがほんとうに完成《かんせい》したといえるのだ。

「やったぞ！　すばらしい！　ブラボー！　ヤッホー!!」

みんなは、さけびながら、肩《かた》をたたきあってよろこんだ。大声でわらったり、じょうだんをいいあったり、まるで宝《たから》くじにでもあたったみたいに大はしゃぎだ。

「でも、宇宙船《うちゅうせん》は地球にもどらない。オルビーは、永久《えいきゅう》に宇宙《うちゅう》にいなくちゃならない。それは、とてもひどいことです！」

かなしそうな声で、そういったのは、だれ？

そう、小さなロボット、オルビー自身だ。

けれど、その声はだれにも聞こえず、気づかれなかった。

科学者たちは、みな、われをわすれてうかれさわいでいたからね。

「さあ、祝《いわ》いにでかけようじゃないか！」ひとりがいうと、みんなすぐにさんせいし、あっというまに、研究所からでていってしまった。

あとにポツンとのこされたのは、小さなロボット、オルビーだけ。

オルビーは、お祝《いわ》いする気になんかならなかった。

とてもとてもかなしかったんだ。

ああ、このとき、科学者のひとりでも、オルビーの顔をのぞきこんでいたら！

ブリキのほおを流れるひとつぶのなみだに、きっと気づいただろうに！

2 計画なんか！

オルビーは、そのままいつまでも泣《な》いていた、と思う？

とんでもない。

だいじなヒューズの切れた小さなロボットは、自分が、なぜ、そんなひどい運命に、だまってしたがわなければならないのか、さっぱりわからなかった。

オルビーの口から、反抗的《はんこうてき》なことばがとびだした。

「まっぴらだ！　おもしろくもない宇宙《うちゅう》空間を、一生とびつづけるなんて！　オルビーは、にげだす。今すぐに！」

もちろん、かしこいオルビーにはちゃんとわかっている。このロボット研究所は、警備《けいび》がとても厳重《げんじゅう》だ。あやしい者が敷地内《しきちない》に入りこまないよう、まわりには高いフェンスがはりめぐらされているし、警備員《けいびいん》が大きな犬をつれて見まわっている。その犬ときたら、口輪《くちわ》をつけられているほど、獰猛《どうもう》だ。

でも、オルビーの頭脳《ずのう》は、世界一。もし、だれにも見つからずににげだせないとしたら、それこそ、わらっちゃうじゃないか。

オルビーは、すぐさま逃走《とうそう》を開始しようとした。

そのとき、オルビーの超高性能《ちょうこうせいのう》の目が、ドアの上の白い箱を見つけた。

警報装置《けいほうそうち》だ！

最新式《さいしんしき》の防犯《ぼうはん》システム。その名も、ミハエラ・スーパー。

うっかり、そのカメラの前を横切りでもしたら、けたたましくさわぎだすにちがいない。

オルビーは、防犯《ぼうはん》システム、ミハエラに、コンピューター語で話しかけた。

「こんにちは、ミハエラ・スーパー！　ひとつ、たのみがあるんだ。ボクは、ここからでていかなくちゃならない。科学者たちが、ボクを宇宙《うちゅう》のはてへおくりだそうとしているからね。ミハエラ、ボクを助けてくれない？」

「了解《りょうかい》よ、オルビー！　スイッチを、ちょっとだけ切ってあげるから、安心なさい！」

じつをいうと、ミハエラ・スーパーは、さっきオルビーがうで時計をいっしゅんでバラバラに分解《ぶんかい》したのを見ていた。だから、自分もバラバラにされるんじゃないかと、ひそかに心配していたんだ。

「ありがとう、ミハエラ！」

じつは、オルビーもほっとした。なかまの機械《きかい》をバラバラにするのは、やっぱり、いやなものだからね。

警報《けいほう》のサイレンが鳴らないとわかったので、オルビーは、安心して研究所の建《たて》物《もの》からでていった。

さあ、つぎの難問《なんもん》は、高いフェンスにかこまれた研究所の敷地《しきち》から、どうやって外にでるか。

だけど、駐車場《ちゅうしゃじょう》に置《お》かれたゴミ回収用《かいしゅうよう》の大きなコンテナを見たとたん、オルビーは、ただちに答えをだした。

「世界一かしこく、役に立つロボット、オルビーは、すべての防犯《ぼうはん》システムをあざむくため、今から、ゴミの中へとつにゅうします！」

オルビーは、うれしそうにそういうと、足をチンパンジー・モードに切りかえ、
ピョーンとコンテナの中にとびこんだ。
さあ、あとは、ゴミ収集《しゅうしゅう》トラックがくるのを待つだけ！

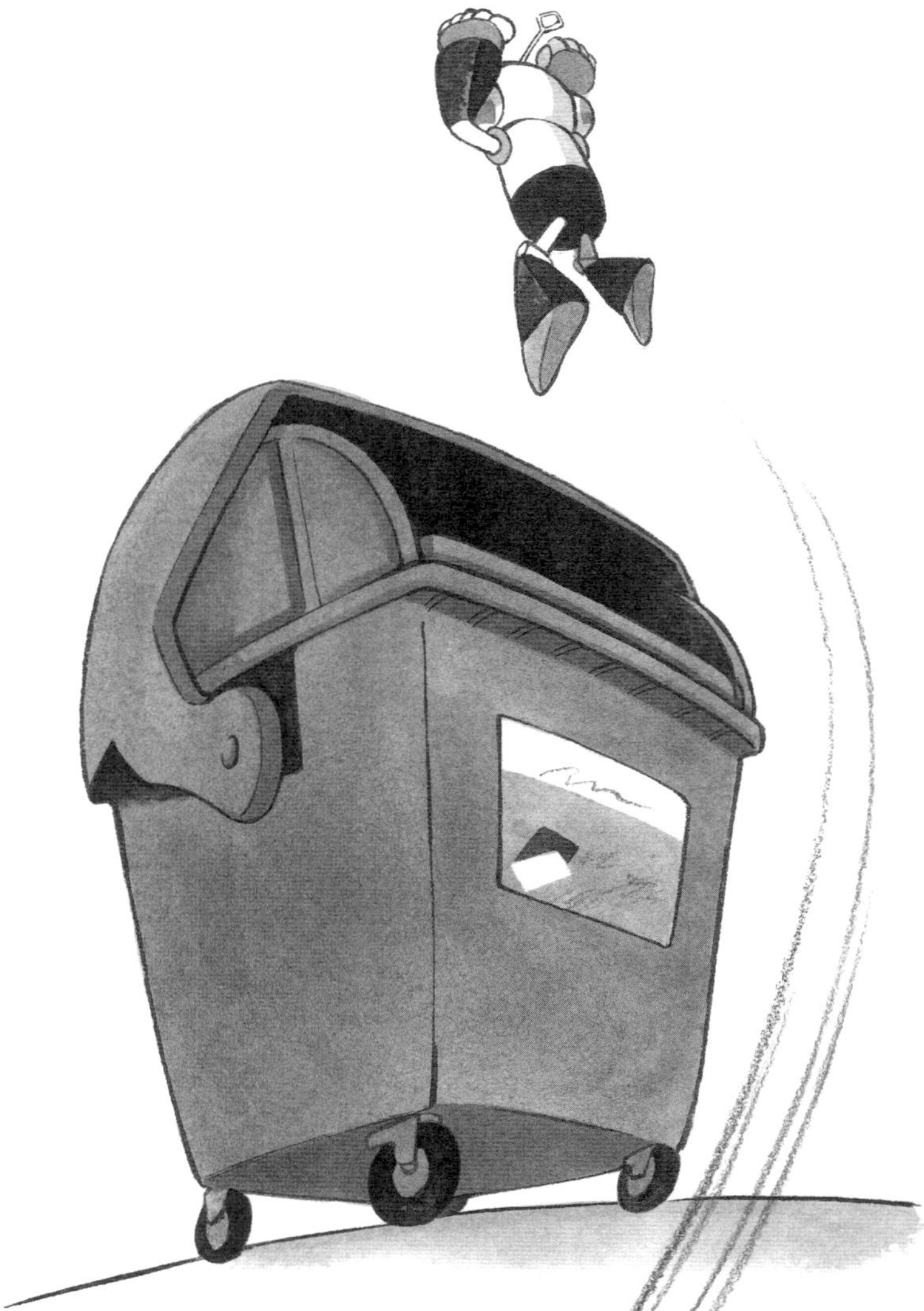

3 ゴミ収集《しゅうしゅう》トラックで運ばれて

つぎの朝、ゴミ収集《しゅうしゅう》トラックがやってきた。

トラックが、ゴミのコンテナをどっさりつんで出発すると、ようやく、オルビーはほっとした。ほっとしたひょうしに、心臓部《しんぞうぶ》のねじが一本ゆるんで、落っこちたほどさ。

これで、さいしょの関門《かんもん》、突破《とっぱ》！

ところが、安心したのもつかのま、トラックは30分ほど走ると、なんとゴミ焼《しょう》却施設《きゃくしせつ》の前にとまってしまった！

オルビーの超高性能電子頭脳《ちょうこうせいのうでんしずのう》が、すぐに警告《けいこく》を発した。

「ゴミ焼却炉《しょうきゃくろ》の最高《さいこう》温度は、摂氏《せっし》1000度！　ロボット本体融解《ゆうかい》の可能性《かのうせい》、100%《パーセント》！　すぐさま、ここをはなれよ！」

つまり、このまま焼却炉《しょうきゃくろ》にほうりこまれたら、あっというまにとけてしまうというんだ！

オルビーは、すばやくトラックからとびおりた。

さいわい、だれにも見つからなかった。

ちょうど朝ごはんの時間だったから、ゴミ焼却施設《しょうきゃくしせつ》ではたらく人たちは、みんな社員食堂《しょくどう》に入っていて、きのうのサッカーの試合《しあい》の話でもりあがっていたんだ。

道路にでると、オルビーはフルスピードで走ってにげた。

見まわりのパトカーがきたときは、歩道の大きな広告塔《こうこくとう》のうしろにかくれた。

ひょっとして、もう、警察《けいさつ》がオルビーをさがしてる?!

だが、パトカーは、つぎの角をまがって、そのまま行ってしまった。

ふー！

でも、それで危険《きけん》がさったわけじゃない。だって、オルビーは、頭のてっぺんから足の先まで、どう見たってロボットだ。こんな町の中にいたら、とっても目立ってしまう。

早く、どこかにかくれなくちゃ！

オルビーは、キョロキョロあたりを見まわした。そして、自分がマンホールのふたの上に立っているのに気づいた。

そうだ、下水道だ！

オルビーは、重いマンホールのふたを軽々《かるがる》と持ちあげると、中へおりていった。

下水道の中は、まっ暗。自分の手さえ見えない。おまけに、そうじをさぼっていたトイレのような、ひどいにおい！

でも、そんなこと、オルビーはなんともない。

すぐに、においセンサーのスイッチを切り、目を夜間モードに切りかえた。

これで、暗闇《くらやみ》でも、はっきり見えるし、どんな強烈《きょうれつ》なにおいも、へっちゃらだ。

オルビーは、ゆうゆうと下水道を探検《たんけん》しはじめた。

わがもの顔で走りまわっていたドブネズミどもは、このへんてこな侵入者《しんにゅうしゃ》に、びっくり。しっぽを引きずって、こそこそと道をあけた。

ところが、しばらくすると、オルビーの鼻が、**ピカッ　ピカッ**と点滅《てんめつ》しはじめた。

ビーッ　ビーッと、けたたましい警告音《けいこくおん》も鳴りだした。

「しまった！　エネルギーが切れそうだ！」

いつのまにか、オルビーのバッテリーが、ほとんど空っぽになっていたんだ。

でも、いったいどこで充電《じゅうでん》できるだろう？　こんな地下に電気のコンセントなんて、ある？

とにかく、今すぐなんとかしなくちゃ！

見れば、下水道のかべに、はしごがかかっている。オルビーは、すぐさまのぼっていって、重いマンホールのふたをおしあげた。

そうっと頭をだして、まわりを360度見まわした。

右にも左にも家がたっている。あたりは住宅地《じゅうたくち》らしい。さいわい、人通りはほとんどない。

オルビーは、急いでマンホールからはいだすと、歩道まではっていった。

そして、すぐそばの門の中へころがりこんだ。

ここがどんなところなのか偵察《ていさつ》したいが、そんな時間はない。もう、予備《よび》の電気も切れそうだ。

すでに、動作がのろくなっている。

こうなったら、むだな動きはひかえ、できるだけエネルギーを節約《せつやく》しなくちゃ。

オルビーは、さいごのエネルギーをふりしぼって、のろのろと自転車置《お》き場《ば》までやってくると、そこにあった段《だん》ボール箱《ばこ》を、頭からかぶった。

そして、ただ、ひたすらねがった。どうか、だれにも見つかりませんように！

だって、ほかに何ができる？

世界一頭のいいロボット、オルビーは、今、不安《ふあん》で**カタカタ**ふるえていた。

4 運の悪いリヌス

リヌスは9歳《さい》の男の子。人より目立っていることといえば、算数がにがてなことくらい。この町へは、引っこしてきたばかりだ。

それにしても、新しい学校でのさいしょの一日が、こんなことになるなんて！

まず、リヌスは、自分で席《せき》がえらべなかった。

そもそも、空いている席《せき》は、たったのふたつしかなかった。

ひとつは、外国のサッカーチームのユニフォームを着た男の子のとなり。もうひとつは、おさげ髪《がみ》が耳の両側《りょうがわ》にピンとつきでた花柄《はながら》ワンピースの女の子のとなり。

そして、なんてこった！　担任《たんにん》の先生は、リヌスに、女の子のとなりの席《せき》を指さしたんだ！

その子は、リヌスより頭半分も背《せ》が高く、しかも、名前がフレデリケ！　めちゃくちゃヒステリーな親戚《しんせき》のおばさんと同じ名前だ。

とくにいまいましいのは、その子のおさげ！

つきでたおさげが、その子が頭を動かすたびに、リヌスの鼻にぶちあたり、そのたびに、クラスの男の子全員が、リヌスのほうへふりむいてニヤニヤわらうときてる。

トマトのようにまっ赤《か》になって、リヌスは、決心した。

こうなったら、フレデリケを完全《かんぜん》に無視《むし》してやる！

リヌスは、フレデリケが自分のほうを見ると、わざとよそを向き、消しゴムをかしてくれといわれたときには、ぜんぜん聞こえないふりをした。

ふん！　こんな女の子となんか、これっぽっちだって、かかわりあいになるもんか。

休み時間になると、リヌスは外にでて、男の子たちのところへ行った。

「おまえ、サッカー、できる？」と、ひとりがリヌスに聞く。

「もちろん！」リヌスははりきってこたえたが、そのあとすぐ、ボールをけりそこねて、笑《わら》い者《もの》になってしまった。

「すっげえ、ぶきっちょでやんの！」

「おれたちのチームにゃ、入れらんない！」

男の子たちは、リヌスをコートの外へおしだした。

いいさ、ほかの男の子とあそべばいいんだから。

リヌスは、自分にいいきかせながら、教室に入ると、ほかのグループに近づいた。

すると、こんどは、こんな質問《しつもん》。

「きみ、ゲップできる？」

「自由自在《じゆうじざい》に、オナラだせる？」

リヌスは、あいた口がふさがらなかった。

そりゃ、ときには、ついうっかりゲップもするし、オナラもだすさ。でも、やろうと思ってやれるもんじゃない。

まして、自由自在《じゆうじざい》なんて！

それに、たとえ、そんなはなれわざを身につけたとしても、母さんにこっぴどくしかられるにきまってる。

「いや、できない。ざんねんだけど」リヌスはこたえながら、顔が赤くなった。

「きみって、タコみたいにイカしてるね！」ひとりがそういうなり、腹《はら》をよじってわらいだした。

なんておそまつなジョーク！

リヌスは、よっぽどそういってやろうかと思ったが、やっぱり勇気《ゆうき》がでなかった。

ああ、もう家に帰りたいよ！

でも、転校初日《しょにち》に、仮病《けびょう》ってわけにもいかないしなあ。

そのとき、聞きおぼえのある声が聞こえた。

「ねえ、リヌス！　ふたりでおにごっこしない？」

ふりかえったリヌスは、おもわずうなった。

なんだ、となりのおさげか！

「ほっといてくれよ！　まったく、きみって、タコみたいにイカれたやつだよな！」

ほかに気のきいたことを思いつかなかったので、つい、そういってしまったのだ。

だけど、フレデリケはだまっていなかった。

「タコみたいにイカれた？　あんたこそ、ココ、イカれてるんじゃない？」

フレデリケは、自分のおでこを指でたたいてみせると、リヌスを完全《かんぜん》に無視《むし》して、どこかへ行ってしまった。

ところが、このふたり、いつまでも無視《むし》しあうわけにはいかなかったんだ。

1時間後の体育の授業《じゅぎょう》。

みんなは、体育館の天井《てんじょう》からぶらさがったロープを、上までのぼっていっては、おりてくる。

リヌスも、ロープにしがみついて、ひっしにもがいた。でも、まるでジャガイモのつまった麻袋《あさぶくろ》みたいに、ぶらーんとぶらさがったまま、どうしてもよじのぼることができない。またもや、クラスの笑《わら》い者《もの》だ。

同情《どうじょう》してくれたのは、先生だけ。

「じゃあ、フレデリケ、リヌスをちょっと助けてあげて」

それこそ、よけいなお世話！

でも、フレデリケは、先生にいわれるまま、わらいながらリヌスのおしりをギュッとつかむと、「えい！」とおしあげた。

これじゃ、ほんもののジャガイモ袋《ぶくろ》じゃないか！

それでも、リヌスは、1センチも上にあがれなかった。

男の子にとって、これ以上《いじょう》はずかしいことが、ある？

やがて鳴りはじめた終わりのチャイムが、リヌスには、この世で一番美しい音楽に聞こえた。

さあ、こんなところ、一刻《いっこく》も早く、おさらばだ！

5 リヌスの発見

まったく、なんていまいましい一日だ！

リヌスは、クマンバチみたいにブンブンうなりながら帰ってくると、自転車をマンションの自転車置《お》き場《ば》に入れた。

学校カバンは、ゴミ箱にでもたたきこみたい気持ちだ。

学校なんか発明したやつは、月面おくりにしてやる！　おさげ髪《がみ》なんてものを考えだしたやつは、宇宙《うちゅう》のはてに追放だ！

「助けて～　オルビーは宇宙《うちゅう》なんか行きたくない～！」と、とつぜん、みょうにうつろにひびく声。

リヌスは、おどろいてあたりを見まわした。でも、どこにも人かげはない。

と、またもや同じ声。こんどは、ひっしに助けをよんでいる。

「助けて～　助けて……」

おっ！

そばにあった段《だん》ボール箱《ばこ》が、ゴソッと動いた。

リヌスは、そうっと箱をあげてみた。

が、つぎのしゅんかん、ドキッとして、箱を落としてしまった。

目がおかしくなったのかな？　いや、たしかに、ロボットみたいなものが見えたような……。

でも、まさか！

リヌスは勇気《ゆうき》をふるって、また段《だん》ボール箱《ばこ》を持ちあげると、おそるおそる中をのぞいた。

レモン色のふたつの目玉が、よわよわしくこっちを見ている。

その小さな物体は、とぎれとぎれの声でうったえた。

「スーパー・ロボット、オルビー、製造《せいぞう》、ば、ばんごう～……、げ、げんざい、助けをもとめています～　オ、オルビーは、つれもどされるのを、き、き、きょひします～」

リヌスの不安《ふあん》はふきとんだ。この小さなロボットが、かわいそうでたまらなくなったんだ。

「きみ、いったい、どうしたんだい？」

「バッテリーが、か、か、からっぽっぽっぽぽ……。た、たすけてください。た、た〜す〜け……」

ロボットの声が、どんどんまのびしてくる。

発声装置《そうち》が、ちゃんとはたらかなくなっているんだ。世界一頭のいい超高性《ちょうこうせい》能《のう》ロボットだというのに！

「バッテリーが空っぽ？　そんなの、わけないよ。ぼくんちで充電《じゅうでん》すればいい！」

もちろん、リヌスは好奇心《こうきしん》ではちきれそうだった。この小さなロボットにたずねたいことが、100万個《こ》もあった。

でも、まずは、助けてあげることが先決だ。

リヌスは、オルビーの手をとって、マンションの入口へ向かった。

エレベーターに乗ったとたん、小さなロボットはさけびだした。

「ど、どこに、つ、つれていく〜？　宇宙《うちゅう》は〜、いや〜で〜す〜！」

「だいじょうぶだよ。これは宇宙船《うちゅうせん》じゃないし、ぼくのうちは宇宙《うちゅう》じゃないんだから。たったの４階あがるだけさ！　信用《しんよう》しなって！」

そこで、小さなロボットは、いわれたとおり信《しん》じた。

でも、４階までの10秒間の長かったこと！　オルビーには、エレベーターが永遠《えいえん》にのぼりつづけているように思えた。

さいわい、とちゅうで乗りこんでくる人もなく、ふたりはぶじ、４階についた。

リヌスは大急ぎで、自分のうちのドアをあけ、ロボットを自分の部屋の中へおしこんだ。

リヌスの行動は速かった。オルビーのおなかに小さなとびらを見つけると、中にきちんとまいいてしまってあったコードを引きだし、コンセントにさしこんだ。と、そのとたん、オルビーは元気をとりもどした！

ふたつの目は、レモンドロップのようにつやつやと光りだし、しっかりした声で話しはじめた。

「今、オルビーは、気分そうかいです！」それから、念《ねん》をおすように、こうたずねた。「ここにいて、オルビーはほんとうに安全ですか？」

「もちろんさ！　母さんは、６時すぎじゃなきゃ帰ってこないんだ」

それにしても、このロボットは、なぜ「安全ですか？」なんて聞くんだろう？

もう、がまんできない！

ついに、リヌスの口から、さいしょの質問《しつもん》がとびだした。

「いったい、きみは、どこからきたんだい？」

6 新しい友だち

「ぼくだって、にげだすよ！　一生、宇宙《うちゅう》にいるなんて、ぼくだって断固拒否《だんこきょひ》だ！」

小さなロボットの身の上話を聞いて、リヌスは思わずそうさけんだ。

「では、しんせつなご主人さまのところにいても、いいんですか？」

オルビーが、レモンドロップの目をキラキラさせる。

「あったりまえじゃないか！」と、リヌスは胸《むね》をはった。

この小さなロボットがすっかり気に入ったし、今ようやく、自分をバカにしたり、おこらせたりしない相手に出会って、うれしかったんだ。

しかも、自分が助けてやらなかったら、オルビーは完全《かんぜん》にお手上げなんだから。

「しんせつなご主人さまに、感謝《かんしゃ》の意を表します！」

そういうと、小さなロボットは、うやうやしく腰《こし》をかがめておじぎした。

これは、さすがに、やりすぎだ。

「そういうのは、やめてよ。ぼくのことは、ただのリヌスでいいからさ」

「そういっていただいて、うれしいです！」

小さなロボットは、両耳をミラーボールみたいにピカピカキラキラ光らせた。

「それで、今からどうするの？　もう、宇宙《うちゅう》旅行はしないんだろう？」

「地上で、お役に立ちたいです。オルビーは、とても頭がよくて、器用《きよう》です。ジョークだっていえます。ひとつ、お聞かせしましょうか？」

「うれしいけど、今はいいよ。それより、ぼく、問題が山積《やまづ》みなんだ！」

きょう学校であったことを思いだして、リヌスは、また、むしょうに腹《はら》が立ってきた。

「このオルビーが、あなたの問題を解決《かいけつ》します。いったいどんな問題ですか？」

やっと自分の能力《のうりょく》を発揮《はっき》できそうなので、オルビーははりきった。

「学校で、女の子のとなりの席《せき》にすわらされたんだ。おさげが頭の両側《りょうがわ》につきてた子で、運動神経《しんけい》が、ぼくよりうんといいんだ！」

「女の子……おさげ……運動神経《しんけい》……、入力完了《かんりょう》。でも……、どこに問題があるのでしょうか？」

数字の天才で、宇宙船《うちゅうせん》だって操縦《そうじゅう》できるオルビーでも、女の子やおさげ髪《がみ》のことは、あまりくわしくないらしい。

「いいか、オルビー。これだけはおぼえておくんだ。女の子ってやつらは、ヘボだ。わかったか？」

一気にそういうと、リヌスは口をつぐんだ。フレデリケのことは、これ以上《いじょう》しゃべりたくない。

「はい、わかりました。おさげ髪《がみ》をしていて、あなたより運動神経《しんけい》のよい女の子は、ヘボ、つまり、くだらないものである。了解《りょうかい》です！」

オルビーは、リヌスという新しい友だちを、100％《パーセント》信《しん》じた。

「それで、ほかにも問題がありますか？」

「えーっと、そうだ、ぼくって、ゲップもオナラも自由自在《じゆうじざい》にできないんだよ！」

「ゲップとオナラ、ですか？」

超高性能電子頭脳《ちょうこうせいのうでんしずのう》が、すぐに計算しはじめた。そして、この問題も、オルビーには解決《かいけつ》できないことがわかった。

「もうしわけありません。そのような音は、オルビーには製造不可能《せいぞうふかのう》です！」

オルビーはかなしくなった。

宇宙探査用《うちゅうたんさよう》ロボットは、地上では役に立たないのだろうか？

「そうだ！　オルビー、きみにできることがあるよ。ぼくの宿題と、この部屋のかたづけだ！」

「そのふたつの問題なら、すぐに解決《かいけつ》できます！」

ブリキの口の両端《りょうたん》があがり、オルビーがにっこりとわらった。

7 万能《ばんのう》ロボット、オルビー

オルビーが「すぐに解決《かいけつ》できます」といったのは、ハッタリなんかじゃなかった。

まずは、リヌスの宿題。

オルビーは、算数の問題を1秒で計算し、リヌスのノートに、教科書とまちがえるくらいきれいな字で答えを書きこんだ。しかも、それだけではものたりず、のこりの問題もついでにぜんぶやってしまった。

リヌスは大よろこびだ。

「すっごーい！　先生がぼくのこと、天才って思うかも！　あすの学校が楽しみだ！」

「しかし、あなたは自分で問題を解《と》いてはいません！」

オルビーは、とびきりかしこいだけでなく、とびっきり正直なロボットなんだ。

「そりゃ、まあ、ちょっぴり先生をだますことにはなるけどさ」といって、リヌスはオルビーにウィンクした。

でも、オルビーは、ごまかされなかった。

「だますのは、すきではありません。オルビーは、いつもほんとうのことだけを話します！　地球が丸いなんてうそも、オルビーはぜったいにいいません！」

「え？　地球って丸いんじゃないの？」

「いいえ、それは真実ではありません。地球の赤道半径《はんけい》は、６３７８キロメートル。それに対して、北極《ほっきょく》から南極《なんきょく》までのきょりは、６３５７キロしかありませんから」

まるで、ちっちゃな大学教授《きょうじゅ》だ。

「赤道半径《はんけい》？　まだならってないから、わかんないよ！」

「では、やさしいことばで説明《せつめい》しましょう。げんみつにいえば、地球は、ボールというより、洋ナシみたいな形なんです」

「そんなの、どっちだっていいよ。でも、とにかくじっさい問題として、ぼくは、ごくごく、たまにだけど、うそもつかなきゃならないのさ。これは、いってみれば正当防衛《せいとうぼうえい》なんだ。でもね、やくそくする。きみにはぜったいうそはつかないよ！」

と、リヌスは力《りき》んでみせた。

オルビーは、ほんとうになっとくしたわけじゃなかったが、これ以上《いじょう》いいあらそうのは、時間のむだだと判断《はんだん》した。

そこで、こんどは、もうひとつの課題《かだい》にとりかかった。

「オルビーは、今から、この子ども部屋のそうじをします！」

じっさい、部屋は、ひどいちらかりようだ。ゆかは、ミニカーやレゴ、くつ下や、ほかのいろんなもので、足のふみ場もない。

そんなすべての物体を、オルビーの目にはめこまれた超高性能《ちょうこうせいのう》カメラは、たったの0.1秒でとらえた。

「ミニカー15台、レゴ389個《こ》、マンガ本８冊《さつ》、くつ下２足半、パンツ１枚《まい》、なめかけのイチゴ味ペロペロキャンディー２本！　ただ今より、４分45秒で、これらすべての物体をかたづけます！」

そういうが早いか、オルビーは、またたくまに、マンガの本とミニカーをひろい集め、棚《たな》にきれいにならべた。

それから、すぐさま、じゅうたんにべったりはりついた2本のペロペロキャンディーを引きはがし、ゴミ箱に投げ入れた。

パンツとくつ下は、風呂場《ふろば》のせんたく物かごの中へ、ナイス・シュート！

そのうえ、ちらばっていたレゴをつかって、狂気《きょうき》のスピードで、とびっきりかっこいい宇宙船《うちゅうせん》をつくりあげたんだ。

それだけじゃない。

そうじ機《き》をひっつかむと、F1《エフワン》レーサーなみのスピードで、じゅうたんの上を疾走《しっそう》しはじめた。

それを見ただけで、リヌスは車酔《くるまよ》い。あわ

ててベッドに避難《ひなん》したときにはもう、オルビーはすべての仕事を終えていた！

オルビーはかべの時計を指さすと、もちろん、息も切らさずあせもかかず、すずしい顔でこういった。

「4分45秒経過《けいか》。予定どおり、任務完了《にんむかんりょう》です！」

速いだけじゃない。オルビーの仕事ぶりは完璧《かんぺき》だ。

これが自分の部屋だとは、リヌス自身にもわからなかったくらいだ。

「母さんだって、ここまできれいにはできないよ！　オルビー、きみにはどんな仕事も、へのカッパなんだね！」

「へのカッパ、つまり、きわめてかんたんなこと、ですね？　入力しました」

リヌスがじょうきげんでベッドからとびおり、オルビーのブリキの肩《かた》をカン！　とたたこうとした、そのときだ、げんかんでドアのあく音がした。

「母さんだ！　しまった、きょうは早く帰るんだった！」

オルビーは、すぐさまベッドによじのぼり、かけぶとんの下にとびこんだ。その０．０１秒後、リヌスの母親が、部屋のドアから顔をだした。

セーフ！

「まあ、リヌス、こんなにきれいにおそうじするなんて！　いったい、どういう風のふきまわし？」と、母親はわが目をうたがった。

「まあね、きょうは、ちょっとばっかし、がんばってみたんだ、母さん！」と、リヌスがちょうしよく返事した。

まくらの下では、おこったオルビーが、ブリキの頭をはげしくゆすっている。

「きっと、何時間もかかったんじゃない?!　でも、宿題のほうも、ちゃんとやらなきゃダメよ」と母親。

「とっくにやっちゃったよ！　ほら」リヌスは、とくいげに算数のノートを開いて見せた。

ベッドのほうから、**カタカタ**と小さな音。リヌスのふたつ目のうそに、オルビーがおこっているんだ。

「やれば、できるじゃないの！」

母親は大満足《だいまんぞく》で、リヌスの頭をなでた。なまけ者のリヌスが、やっとやる気になったんだわ！　と。

ふたりは、それから台所に行って、夕ごはんを食べた。

きょうのメニューは、スパゲティ・トマトソース。

スパゲティのきらいなリヌスは、いつもは半分も食べない。でも、きょうは、記録的《きろくてき》なスピードでぜんぶたいらげた。というのも、一刻《いっこく》も早く、オルビーのところへもどりたかったからだ。

でも、そうは問屋《とんや》がおろさなかった！　母親に、皿洗《さらあら》いのてつだいをさせられてしまったんだ。

ところが、そのおかげで、リヌスはラジオのこんなニュースを耳にした。

「きのう、ロボット研究所から、超高性能《ちょうこうせいのう》ロボットがぬすまれました……」

ふーん、「ぬすまれた」か。ロボットが自分でにげだすなんて、だれも思いつかないんだな。

皿をふきあげ、やっと部屋にもどることができると、リヌスはベッドによじのぼり、オルビーにぴったり体をよせた。

おたがい、話すことは山のようにある。リヌスの話に、オルビーはじっと耳をかたむけた。

母親がこの町に仕事を見つけたので、ふたりで引っこしてきたばかりだということ。母親は毎日、帰りがおそいので、リヌスはいつもひとりぼっちだということ。

友だちは、まだだれもいないということ……。

「でも、きょうから、きみがぼくの友だちだ！」

リヌスのことばに、オルビーの耳がミラーボールのようにかがやいた。

8 バイクの４人組

つぎの朝、リヌスと母親は、同じ時間に家をでた。母親は仕事場へ、リヌスは学校へ。

自転車に乗る前、リヌスはマンションを見上げ、もういちど、オルビーに向かって手をふった。

小さなロボットは、４階のまどぎわから、ひかえめに手をふりかえした。

リヌスに、かたくいわれていたんだ。どんなことがあっても、部屋をでちゃいけない。だれかに見つかる危険性《きけんせい》は、とてつもなく大きいんだからね、と。

でも、オルビーはすぐにたいくつしてしまった。そこで、この家のぜんぶの部屋をそうじすることにした。

もちろん、オルビーは、またたくまにそうじを終えた。

すると、またすぐにたいくつでたまらなくなった。何もしないでいることは、オルビーには、つらいことなんだ。つねにだれかの役に立っていないと気がすまないからだ。

よーし、こうなったら、この家を、もうこれ以上《いじょう》できないというほど、完璧《かんぺき》にかたづけるぞ！

「そんな仕事、オルビーには、へのカッパ！」

オルビーは元気にさけぶと、リヌスのレゴをゆかに投げだし、リビングの大きな書棚《しょだな》も空っぽにした。そして、リヌスのレゴも母親の本も、大きさと色にしたがって、ぜんぶならべなおした。

午前中、オルビーはむちゅうになってはたらいた。

一方、そのあいだ、リヌスはすばらしい学校生活をおくっていた。

オルビーのおかげで、クラスでただひとり算数の満点《まんてん》をとり、生まれてはじめて、「よくできました！」をもらったんだ。

となりの席《せき》のフレデリケさえ、感心している。

そこで、授業中《じゅぎょうちゅう》、フレデリケは、わからない問題をリヌスに教えてもらおうとした。

ところが、リヌスは、フレデリケのおさげをギュッと引っぱって、こういいはなった。

「気分じゃないね！」

「何よ、えらそうに！」

もちろん、フレデリケは夢《ゆめ》にも知らない。その問題、じつはリヌス自身もまったくわからないなんて！

学校が終わると、リヌスはまっ先に校舎《こうしゃ》をとびだした。

一刻《いっこく》も早く家に帰って、オルビーとあそぶんだ！

そこで、公園をつっきって近道をしようとした。

ところが、公園に入ったとたん、リヌスは、4台のバイクに通せんぼうされてしまった。

乗っていたのは、4人の高校生。ボリス、ツァキ、ウルフにアーカン。

「よう、チビスケ、そんなに急いでどこへ行く？」どら声の主は、リーダーのボリスだ。

リヌスより頭ふたつもでかいが、歯の数はリヌスよりずっと少ない。のこってる歯も、見たところ、過去《かこ》2年間はみがいてなさそうだ。

「ぼく、うちに帰んなくちゃならないから」リヌスはボソボソいいながら、4人組のわきをすりぬけようとした。

「通りたいんなら、通行料《つうこうりょう》をはらえ！　おれたちひとりにつき、5ユーロずつだ。金をはらうまで、通さねえ！」ツァキが、おに軍曹《ぐんそう》みたいにどなって、リヌスの自転車をがっちりとつかんだ。

ピザばかり食べてるツァキは、ニンニク1トン分くらいの悪臭《あくしゅう》をはなっている。

「で、でも、ぼく、今、お、お金なんて、も、持ってないし……」

「いいの、いいの、おまえの自転車、あずかっとくからさ！　金を持ってくれば、自転車はかえしてやるし、持ってこなかったら、自転車はネットオークション行きってわけ！」

アーカンがそういって、さもバカにしたようにわらうと、なかまの３人もいっしょになってわらった。

今、家にあるおこづかいは、たったの50セントだ。たったそれっぽっちで、ゆるしてくれるはずがない。どうしよう?

リヌスはこわくて、カの鳴くような声しかでない。

「ぼ、ぼく、そんなお金、家にもない……」

「じゃあ、どうすりゃいいか、自分のオツムで考えるんだな!」

ツァキがどなって、リヌスをつきとばした。

リヌスは、イラクサの上にたおれた。毒《どく》のあるトゲが、うでにもおしりにもささった。泣《な》くまいとがんばったが、なみだがかってにこみあげてくる。

４人組が、どっとわらいころげた。

9 オルビーの計画

「オルビーがリヌスを助けます。その4人のならず者をこらしめます！」リヌスの話を聞いて、小さなロボットはさけんだ。

オルビーにとって、正義《せいぎ》にまさるものはない。ふたたび人の役に立てるのも、うれしい。

それに、家の中を何千回もそうじするのには、もううんざりしていたんだ。

「でも、オルビー、4人組は、とてもぼくたちの手には負えない。ぼくたちより、ものすごく大きいんだから！」リヌスが、イラクサにかぶれたところを氷でひやしながらいいかえした。

「体の大きさと脳《のう》の性能《せいのう》とは、無関係《むかんけい》です。このオルビーに、まかせなさい」

オルビーはそういって、ブリキの手をリヌスの肩《かた》に置《お》いた。

ブリキの手が、ちょうどよい温度でリヌスの肩《かた》を温めたので、リヌスはだんだん落ちついてきた。

「どんな問題も、オルビーはかならず解決《かいけつ》します。その4人のおろか者は、二度とリヌスに手出しできないでしょう！」

勝利《しょうり》の予感に、オルビーの耳が赤く光った。

「うん、わかった！　でも、まず、きみを変装《へんそう》させなきゃ。でないと、外にでたとき、目立ちすぎるからね」

変装《へんそう》！

オルビーは、たちまち、そのアイデアが気に入った。

そこで、リヌスは、ロボットの友だちにぴったりの服はないかと、家じゅうをさがした。けっきょく、見つかったのは、はでなT《ティー》シャツと野球帽《やきゅうぼう》。

「ダメだ。これじゃ、とても人間には見えない」とリヌス。

「まるで、ブリキのかかしですね！」鏡《かがみ》を見たオルビーも、同じ意見だ。

そのとき、リヌスにいい考えが浮《う》かんだ。

「そうだ！　中庭に、どっかのベビーカーが置《お》きっぱなしになってたぞ！　オルビー、あの中に入って、ベビー毛布《もうふ》をかぶるんだ。そうすれば、だれにもわからないよ！」

そうときまったら、すぐ実行！

リヌスは、オルビーを毛布《もうふ》ですっぽりくるんで、中庭に運んだ。オルビーがベビーカーの中に入りこむと、リヌスが毛布《もうふ》をきちんとかけなおした。

さあ、いよいよ出発だ！

リヌスは、ベビーカーをおして、おそるおそる通りを進んでいった。でも、ふりかえる者はだれもいない。赤《あか》ん坊《ぼう》の弟か妹を散歩《さんぽ》につれてってるように見えるらしい。

花柄《はながら》の毛布《もうふ》の下にロボットがかくれてるなんて、だれが想像《そうぞう》するだろう？

少年とロボットのふたりは、ぶじ、公園についた。

「やつら、あそこだ」と、リヌスが小声でオルビーに教えた。

オルビーは、毛布《もうふ》をちょっと持ちあげると、超高性能《ちょうこうせいのう》カメラの目をそちらへ向けた。

4人は、池のそばのベンチにだらしなく腰《こし》かけ、コーラの空《あ》き缶《かん》をカモに投げつけている。携帯電話《けいたいでんわ》から、最新《さいしん》のヒット曲を大音量《だいおんりょう》で流しっぱなしにして。

まるで、この公園はおれたちの庭だ！　といわんばかりだ。

４台のバイクは、ほんの少しはなれたところに置《お》いてあって、リヌスの自転車は木の下にある。

公園を散歩《さんぽ》するおとなたちは、４人のふるまいにあきれた顔で、頭をふりふり通りすぎるが、わざわざ注意しようとする人はひとりもいない。

「いいことを思いつきました！　リヌス、聞いて！」４人をやっつけたくてうずうずしていたオルビーが、リヌスの耳に計画をささやいた。

「そ、それって、すっごく危険《きけん》じゃないか！　でも、ぼく、やる！」

リヌスは、意を決して４人組のほうへ歩いていくと、大声でよびかけた。

「おーい！　今、もどったぞ！」

こわくなんかあるもんか。

だって、何が起きようと、小さなロボットの友だちが助けてくれるはずじゃないか！

一方、よびかけられた４人組は、あっけにとられ、カモをいじめるのもわすれて、リヌスを見つめた。

オルビーは、このしゅんかんを待っていた。

ベビーカーから、すばやくはいでると、バイクのほうへ矢のようにかけだした。

オルビーは、機械《きかい》のことなら、なんでもござれ！　バイクをひと目見ただけで、何をすればいいのか、すぐにわかった。

工具なんか持ってこなかったが、オルビーには、10本の指がある。ひつようとあらば、ドリルにもねじまわしにもなるべんりな指だ。

そのあいだ、４人組は、まだあっけにとられたまま、大口をあけて立っていた。リヌスが自分から近づいてくるなんて、思ってもみなかったんだ。

「見ろよ！　あのチビが、おれたちに5ユーロはらいたいんだと！」まっ先にわれにかえったボリスが、きたない歯をむきだして、サメみたいにわらった。

「え？　なんで5ユーロなんだ？　おれたち、10ユーロっていったぜ。そうだろ？」ウルフがずるそうにわらって、なかまに目くばせした。

「そうだ、そうだったよ！　おい、チビ、おまえも聞いたよな？　おれたちひとりひとりに、10ユーロずつ。そうすりゃ、自転車はおまえにかえしてやる」とツァキがいう。

「ぼくは、1セントだってはらわない！　さあ、自転車をかえせ！」

リヌスはいさましくさけび、横目ですばやくオルビーを見た。

オルビーは、4人組のうしろで、まだせっせと4台のバイクのねじをしめている。

「チビのくせに、生意気いいやがって！」ボリスが、はでに指をポキポキ鳴らしたので、カモさえ、こわがって水にもぐった。

「また、イラクサのおふとんにネンネしてもらうか！」アーカンがわらって、待ちきれない！　というように、もみ手をした。

いつものリヌスなら、とっくに一目散《いちもくさん》ににげだしているところだ。でも、きょうのリヌスには、オルビーがいる！

リヌスは落ちつきはらって、自分の自転車のほうへ歩きだした。

「自転車にさわるんじゃねえ！」ボリスがどなって、こぶしをふりあげた。

リヌスはもういちど、オルビーのほうを見やった。

そのとき、ちょうど仕事を終えた小さなロボットが、リヌスに向かってブリキの親指を高くあげた。

よし、だいじょうぶだ！

そこで、リヌスはやった。9年間の人生で、まだいちどもやったことのないことを。つまり、自分より年上の強い相手に、けんかをふっかけたんだ。

リヌスは、公園じゅうに聞こえるような大声で、よばわった。

「そこにいるアンポンタン諸君《しょくん》！　このぼくに手がだせると思ったら、大まちがいだ！」

ならず者4人組は、おどろきのあまり、あごがはずれるほど大口をあけた。

こいつは、おれたちのことを、これっぽっちもおそれていない！　それどころか、おれたちを正々堂々《せいせいどうどう》とバカにした！

一方、リヌスは、4人が棒立《ぼうだ》ちになっているあいだに、自分の自転車にとび乗ってにげだした。

「き、きさま！　よっぽど痛《いた》い目《め》にあいたいんだな。おい、みんな、追いかけろ！」
ボリスの大声に、あとの３人も、はじかれたように、バイクに向かってかけだした。
４人は、西部劇《せいぶげき》のカウボーイよろしくバイクにとび乗ると、エンジンをふかした。
ブオン　ブオン！　ブオン　ブオーン！
とどろきとともに、４台のバイクは、ものすごいいきおいで急発進！
ただし、前へではなく、うしろへ。
４台は、うしろ向きに、池へと全速力ですっとんでいった！
ドボン！　ドボン！　ドボン！　ドボン！　ゴボゴボゴボゴボ……。
恐怖《きょうふ》にひきつった４つの顔が、カモのえさの浮《う》いたきたない水の中へしずんでいく。
カモたちが、ガアガアわめいた。まるで、よろこんでるみたいに。
オルビーも、もちろん大満足《だいまんぞく》。
ついに正義《せいぎ》は勝ったのだ！

10 リヌスはスーパーマン

つぎの日、学校は、リヌスがバイクの４人組を水あびさせた話でもちきりだった。

リヌスはすっかり尊敬《そんけい》されて、男の子たちに、いっしょのチームでサッカーしないかと、さそわれたほどだ。

でも、リヌスは、そのさそいを丁重《ていちょう》にことわった。

ただ、フレデリケだけは、リヌスが４人組をやっつけた話を信《しん》じなかった。

だって、体育の時間、ジャガイモ袋《ぶくろ》みたいにロープにぶらさがっていたリヌスが、たったひとりで、あの４人組に勝てるわけがない！

フレデリケは、ずけずけとリヌスにいった。

「あたしは、信《しん》じないわよ！　ぜったい、だれかが、あんたを助けたにきまってる。たぶん、お兄さんがいたのよ！」

「きみがどう思おうと、関係《かんけい》ないね！　それに、いっときますけど、ぼくは、ひとりっ子！」

リヌスは、そういいかえしたが、ほんとうはフレデリケのいうとおりだ。オルビーの助けがなかったら、バイクの４人組にけんかをふっかけるなんてこと、さかだちしてもできなかっただろう。

もちろん、オルビーのことは、だれにもひと言だっていっていないし、いうつもりもない。

オルビーが家にいることは、ぜったいに知られちゃいけないいんだ！

フレデリケには、とくに用心しなきゃ。だれかにつげ口するにきまってるから。そうなったら、オルビーはつれもどされて、ぼくはまたひとりぼっちになっちゃうじゃないか！

リヌスには、もう、オルビーのいない生活なんて、考えられなかった。

だって、こんなすてきな友だちがどこにいる？

宿題も部屋のそうじもやってくれるし、おかげで、もう、あの４人のギャングからいじめられる心配もない。

つまり、今やリヌスは、同級生にとっては勇敢《ゆうかん》な男の子、担任《たんにん》の先生には、とびきり頭のいい生徒《せいと》、母親には、やる気のあるまじめな息子《むすこ》となったのだ。

そして、当のリヌスは？

リヌスは、この快適《かいてき》な毎日に、たちまちなれてしまった。

ところが、ある日、小さなロボットがこういった。

「オルビーは、もう、宿題をしたくありません」

「え？　なんで？　なんかきげんをそこねるようなことでも、あった？」

リヌスが、マンガの本から顔をあげた。

最近《さいきん》は、オルビーが宿題や部屋のそうじをしているあいだ、いつもマンガを読んでいる。

「いいえ、オルビーはきげんをそこねたのではありません。オルビーは、良心《りょうしん》がとがめるんです！」と、オルビーが正しくいいなおした。

リヌスには、わけがわからない。

「良心《りょうしん》がとがめる？　また、なんで？」

「オルビーと知りあう前、リヌスはあまり学校の成績《せいせき》がよくありませんでした。でも、うそはついていませんでした！」オルビーはそういってから、すぐに訂正《ていせい》した。「いいえ、ほとんど、ついていませんでした」

「まあね、オルビー、きみのいうとおりだよ。でも、きみがぼくの代わりになんでもやるってのは、効率《こうりつ》の問題なんだ。だって、そのほうが、ぼくたち早くあそべるだろ？　それに、もし、母さんにきみのことを正直に話したりしたら、きみ、つれてかれちゃうじゃないか！」

もちろん、リヌスの言い分は真実の半分でしかない。

リヌスは宿題もそうじも大きらい。なまけ者だから、自分でやりたくないだけの話なんだ。

かしこいオルビーは、リヌスの考えることなど、とっくにお見通しだ。

「そのことは、オルビーもわかっています。だから、こうすればいいと思うんです。オルビーは今から、リヌスが宿題を短時間でやれるように、教えます！」

「いったい、どうやって？」

「算数も国語も社会も、リヌスの知識《ちしき》はあなだらけです。オルビーが、そのあなをうめてあげましょう。それがすめば、宿題を早くかたづけることは、リヌスにとって、へのカッパになります！」

はじめ、リヌスはあまり気が進まなかった。

でも、オルビーの教えかたは、じつにうまい。担任《たんにん》の先生より、説明《せつめい》が100倍もわかりやすくて、とにかく楽しいんだ。

知らないうちに、リヌスはむちゅうで勉強していた。

「オルビーは、料理《りょうり》も教えます！」

いったと同時に実行するのが、オルビーだ。

リヌスを台所に引っぱっていき、トマトとタマネギで、びっくりするほどおいしいスパゲティソースのつくりかたを教えた。

リヌスはスパゲティがきらいだったが、このソースはもんくなしにうまい！

すぐにつくりかたをおぼえて、料理《りょうり》でも優等生《ゆうとうせい》ぶりを見せた。

ただ、台所のあちこちに、ソースの赤いしみがついてしまったが、そのほうが、料理《りょうり》もますますおいしく感じられるってもんだ!

母親が帰ってみると、リヌスのつくったスパゲティ・トマトソースが、なべにちょっぴりのこしてあった。

11 ゾンビ狩《が》り

まもなく、リヌスと小さなロボットは、切っても切れない仲《なか》になった。

オルビーは、今やリヌスの親友。文字どおり、たったひとりの友だちだ。

それもとうぜん。だって、リヌスは、学校が終わると、家にとんで帰って、オルビーとだけあそんでいたんだから。

クラスメートとは、午前中ずうっといっしょにいるのだから、もう十分というわけだ。

一方、一日じゅうリヌスの部屋にとじこめられているオルビーは、外の世界にあこがれていた。

「オルビーは、外の世界が知りたいです！」と、ある日、オルビーがいった。

「え？　ぼくといっしょにいるのに、あきたの？」

「オルビーは、リヌスがすきです。でも、オルビーは、もっと役に立ちたいんです。一日じゅう同じ部屋にとじこもっているのは、もうイヤになりました！」

それを聞いて、リヌスはこの友だちを救《すく》ういい方法《ほうほう》を思いついた。

「じゃあさ、きょうは、このマンションの地下室に行って、そこであそぼう！」

「いいですね！　何をしてあそびますか？」オルビーは急に元気になった。

「ゾンビ狩《が》りをやろうよ！　だって、ゾンビのやつらは、あんなふうな暗いところで悪さをするんだ。もちろん、うそっこだけどね」

リヌスは、いつかゾンビ狩《が》りごっこをしたいと思っていたが、ひとりで地下室に行く勇気《ゆうき》がなかったんだ。

でも、きょうは、オルビーがいる！

「オルビーは、うそっこじゃなくて、ほんもののゾンビ狩《が》りがしたいです！」

あのバイクの４人組をやっつけてからというもの、オルビーは自分のことを、悪者をこらしめる正義《せいぎ》の使者だと思っている。

「うーん、でも、ゾンビって、そもそもこの世にいるのかなあ……」

ざんねんながら、この重大な問題について、リヌスはまだ結論《けつろん》をだせないでいた。

クラスの半分は、ゾンビがほんとにいると思っているし、半分は、そんなものいないと思っている。

リヌス自身は、「ゾンビは、いる」派《は》にちょっぴり気持ちがかたむいているが、100％確信《パーセントかくしん》してるわけじゃない。

おさげのフレデリケは、そんなことを考えること自体、バッカみたい！　という態度《たいど》だ。

どっちみち、リヌスはフレデリケを無視《むし》することにしているから、同じことだけど。

「オルビーは、早く地下室に行きたいです。ひょっとしたら、そこに、ほんもののゾンビがいるかもしれません！」

オルビーにせかされて、リヌスはいっしょに地下室へおりていった。

そのとき、とつぜん思いついた。

「そうだ！　ゾンビ狩《が》りには、特殊《とくしゅ》な武器《ぶき》がいるんだ」

「その問題、オルビーが解決《かいけつ》します！　どんな特殊武器《とくしゅぶき》がひつようですか？」

「ＨＰＧ《エイチピージー》さ！」と、リヌスは即座《そくざ》にこたえた。

「ＨＰＧ《エイチピージー》？　そのことばは、オルビーの電子頭脳《ずのう》には入力されていません。ＨＰＧ《エイチピージー》とは、なんですか？」

「ハイパープラズマロケット砲《ほう》だよ！」

ほんとうをいうと、リヌス自身も、自分の目で見たわけじゃない。ゲームのすきなクラスの男の子たちが話しているのを、聞いたことがあるだけだ。

オルビーは、そのハイパープラズマロケット砲《ほう》がどんな形で、どんなはたらきをするのか、よくはわからなかったが、とにかく、リヌスののぞみはかなえてやりたい。

「オルビーは、ＨＰＧ《エイチピージー》をつくります。でも、そのためにはそうじ機《き》がひつようです！」

「え？　今、そうじ機《き》っていった？」

「はい、いいました！」

オルビーは、一刻《いっこく》も早くつくりたくて、うずうずしている。

地下室の長いろうかを歩いていくとちゅうで、リヌスは思いだした。

「そういえば、うちの古いそうじ機《き》が、たしか、地下室にほうりこんであったはずだ」

ろうかのおくの部屋のかぎをあけると、思ったとおり！　引っこしの段《だん》ボール箱《ばこ》のうしろに、そうじ機《き》が置《お》いてあった。

オルビーは満足《まんぞく》そうにうなずくと、ただちに仕事にとりかかった。あっというまにそうじ機《き》のモーターをとりはずし、あちこち、ねじをまわしはじめた。

「ねえ、ねえ、オルビー、このオンボロそうじ機《き》をどうしてんの？」

「説明《せつめい》している時間はありません。あとひつようなものは、プラズマだけ。どこかで手に入りませんか？」

そういいながら、オルビーは、右手をねじまわし、左手をドリルにして、モーターの内部をせっせといじっている。

リヌスは、プラズマになりそうなものをさがしはじめたが、部屋のすみに、赤いペンキの入ったバケツがあったので、オルビーにわたした。

ちょうどそうじ機《き》を組み立て終えたオルビーは、赤いペンキをそうじ機《き》の紙パックに流しこみ、それをそうじ機《き》にセットした。

「さあ、これで、いつゾンビがきても、だいじょうぶ！」

「このそうじ機《き》が、HPG《エイチピージー》？」

リヌスは心配になった。

もしかすると、世界で一番頭のいいロボット、オルビーの頭が、おかしくなっちゃったんじゃないかな？

「オルビーに、まかせなさい！」

自信満々《じしんまんまん》にオルビーがそういったとたん、どうしたんだろう？

地下室の電灯《でんとう》が消えた。

12 ゾンビとの戦《たたか》い

地下室は、まっ暗。

オルビーのふたつの目玉だけが、２ひきのホタルのように黄色く光っている。

「ちぇっ！　ぼく、電気のスイッチを入れてくるよ」

リヌスはいさましく、闇《やみ》の中を手さぐりで歩きだした。

ところが、半分ほど進んだとき、入口のドアが、ひとりでにゆっくりと開きはじめた。

だれかがこの部屋に入ってこようとしている。よりによって、ちょうどゾンビ狩《が》りごっこをはじめようってときに！

リヌスは、しのび足でオルビーのところまでもどった。

「しーっ！　だれか入ってきた」リヌスはささやくと、オルビーといっしょに段《だん》ボール箱《ばこ》のうしろにかくれた。

たぶん、このマンションのだれかが、にもつでもとりにきたんだろう。

リヌスは、その人が電灯《でんとう》をつけるのを待った。

ところが、何も起こらない。部屋はまっ暗なまま。

でも、たしかに、足音とささやき声は聞こえる。

「なんで、電気をつけないんだろう？」と、リヌスがつぶやいた。

「オルビーの推理《すいり》は、つぎのふたつです。その1、電灯《でんとう》がこわれている。その2、侵入者《しんにゅうしゃ》は部屋を暗くしておきたい」

すぐに、オルビーの２番目の推理《すいり》が正しいことがわかった。

とつぜんあらわれたふたつの人かげ。たしかに電灯《でんとう》をつけるひつようはなさそうだ。だって、懐中電灯《かいちゅうでんとう》を持っている。

その不気味《ぶきみ》な人かげを見て、リヌスはゾーッとした。

「ゾ、ゾ、ゾ、ゾンビだ！　ほ、ほんもののゾンビだ！」

心臓《しんぞう》が早鐘《はやがね》のように打ちだした。それに合わせて、歯もカチカチ。

しかし、オルビーは、冷静《れいせい》にリヌスのあやまりを訂正《ていせい》した。

「ゾンビではありません。空《あ》き巣《す》ねらいです」

とっくに目を夜間モードに切りかえていたオルビーには、ふたりの侵入者《しんにゅうしゃ》が覆面《ふくめん》をしているのが、はっきり見えたんだ。大型《おおがた》バイクのライダーがかぶっているような、目のところだけあいたヘルメットだ。

人かげがどんどん近づいてくるのを見て、リヌスがささやいた。

「ど、どうする？」

「オルビーは、ゾンビとたたかうつもりでしたが、しかたがありません。空《あ》き巣《す》ねらいをやっつけましょう」

こわいものなしのオルビーは、ふたたび悪者とたたかえるので、はりきっている。

そのとき、暗闇《くらやみ》の人かげがしゃべった。

「めぼしいものがあるかどうか、さがしてみようぜ」

でも、けっきょく、さがすことはできなかった。

というのは、段《だん》ボール箱《ばこ》のかげからオルビーがとびだして、ふたりに向けてそうじ機《き》のホースをかまえたからだ。

ブシューーッ！

そうじ機《き》のすいとり口から、まっ赤《か》なペンキがふきだした。

オルビーは、そうじ機《き》を、ゴミすいとり機《き》から、ペンキふきだし機《き》につくりかえていたんだ！

これぞまさしく、ハイパープラズマ赤ペンキロケット砲《ほう》！

ふたりの空《あ》き巣《す》ねらいは、ペンキにむせてゲホゲホしはじめたが、オルビーはようしゃしなかった。

だいたんに前進しながら、ふたたびハイパープラズマ赤ペンキロケット砲《ほう》を発《はっ》射《しゃ》した！

ブシュー ッ！

あまりのできごとに、ふたりは自分たちが空《あ》き巣《す》ねらいだということもわすれ、大声で助けをよんだ！

「だれか！　助けてくれー！」

そこへ、３発目のハイパープラズマ赤ペンキロケット砲《ほう》が、

ブッシュー ッ！

もうたくさんだ。退却《たいきゃく》だ！

懐中電灯《かいちゅうでんとう》はとり落とす、足はもつれる。ふたりの空《あ》き巣《す》ねらいはドタバタころびながら、死に物ぐるいで、われ先にドアから外へとびだした。

リヌスは、心からほっとした。

それにしても、ちっちゃいオルビーのやることの、なんとでかいこと！

13 危機《きき》一髪《いっぱつ》

つぎの日、リヌスの母親は、具合が悪かったので、仕事を休んだ。

リヌスはオルビーに、きびしくこういいきかせてから、学校に行った。

「きょうは、一日じゅうベッドからでないで、ぜったいに物音を立てないこと」

オルビーにはつらいことだったが、いわれたとおりにするしかない。

充電用《じゅうでんよう》の胸《むね》のコードをコンセントにつなぎ、ベッドカバーを頭からかぶって、ただひたすら、リヌスが帰ってくるのを待ちつづけた。

けれど、そんなふうにただじっと横になって午前中をすごすうち、オルビーは、もうがまんできなくなった。

なんて時間のむだだ！

ならず者や空《あ》き巣《す》ねらいをやっつけたり、こまっている人を助けたり、やることはいくらでもあるのに、ベッドにただねてるなんて！　これじゃ、まるでミイラだよ！

オルビーがベッドからとびだそうとした、ちょうどそのとき、リヌスの母親が子ども部屋に入ってきた。

体温計が洗面所《せんめんじょ》の棚《たな》になかったので、リヌスがあそびにつかうために持っていったのかもしれないと思ったのだ。

母親が部屋の引きだしをぜんぶあけてさがしているあいだ、オルビーは死んだようにベッドに横たわり、母親が一刻《いっこく》も早く部屋からでていってくれることを、ひたすらねがっていた。

「あら、これは何？」と、母親がとつぜん声をあげた。

一本のコードが、かべのコンセントからベッドへと、部屋を横切っているのを見つけたのだ。

ベッドカバーの下で、オルビーはパニックになった。

あー、もうおしまいだ！

と、そのときリヌスの声。

「母さん！　ねてなきゃダメじゃないか！」

「あら、リヌス。あなた、学校は？」

「授業《じゅぎょう》が2時間、休みになったんだ」

「また？　それはそうと、体温計、知らない？」

よかった！　母親はコードのことをわすれている。

「洗面所《せんめんじょ》にあるよ。いつもそうだろ？」

リヌスがそういって、母親をつれて部屋からでていった。

やれやれ！　あぶなかった！　オルビーは、大きなため息をついた。

その晩《ばん》、リヌスがベッドにあがってきたとき、オルビーはしんけんにうったえた。

「オルビーには、新しいかくれ家《が》がひつようです。ここじゃ、見つかる危険《きけん》が大きすぎます！」

「うん、たしかに、そのとおりだ。きみの新しいかくれ家《が》を見つけなくちゃ。あす、さがしに行こう！」

外の世界が見たくてたまらなかったオルビーは、もちろん、この計画に大よろこびした。

14 フレデリケのピンチ

つぎの朝、リヌスは、オルビーをかくすためのいい場所を思いついた。町の公園近くにある市民菜園《しみんさいえん》の作業小屋だ。

市民《しみん》がかりられる小さな畑には、それぞれかわいらしい作業小屋がついている。でも、かり手がいそがしくて畑にこないため、つかわれていない小屋がたくさんあるということを、クラスメートから聞いていたのだ。

オルビーは、すぐにこの話にとびついた。

その日の午後、ふたりは、さっそくでかけていった。

リヌスは、オルビーの乗ったベビーカーをおしながら、町からはずれ、小川にそったあぜ道を進んでいった。

オルビーは、レモンドロップの目を見張《みは》り、外の世界にきょうみしんしんだ。またどれかの役に立てるかもしれない。どこかで助けをよんでいる人は、いない？

正義《せいぎ》の戦士《せんし》、オルビーは、活躍《かつやく》のチャンスが待ちきれない！

そのチャンスは、すぐにやってきた。

とつぜん、女の子のさけび声が聞こえてきたんだ。

「フロー！　フロー！　ねえ、おねがい、じっとしてて！」

見ると、道の先に女の子がいる。しゃがんだその子の頭から、ふたつのおさげがつきだしている。

リヌスには、すぐにわかった。

フレデリケだ！　まちがいない。

フレデリケなんかにかかわっちゃ、たいへんだ。なんでベビーカーをおしてるのか、説明《せつめい》しなくちゃならないじゃないか！

「オルビー、ここで引きかえそう！　あそこにいるのは、クラスメートのフレデリケだ。あいつはまったく、しゃくの種《たね》なんだ！」

オルビーは、その女の子を注意深く観察《かんさつ》した。

声のようすでは、何かをとても心配している。これは、もっと近くから見るひつようがある！

オルビーは、ただちに目を望遠鏡《ぼうえんきょう》モードに切りかえた。

そのとたん、オルビーにはすべてがはっきりとわかった。

「女の子のそばに、1ぴきの犬が見えます。その犬は、頭をプラスチックのバケツの中につっこんで、とれなくなっています」

「どうだっていいよ、フレデリケの犬なんて！　さあ、早く帰ろう！」と、リヌスはオルビーをせかした。

「でも、女の子はこまっています。オルビーは、その子の問題を解決《かいけつ》します！」

オルビーの声はしんけんだ。このままほうっておいてなるものか！　といういきおいだ。

「わかった、わかった。とにかく、なんでこまってるのか、聞いてみるよ」

リヌスはしかたなく、ベビーカーをおして近づいていった。

オルビーをがっかりさせたくなかったし、フレデリケがほんとにこまってるのかもしれないと思ったんだ。

予想はあたった。

フレデリケは、地面にしゃがんで小さな犬をだいていたが、その子犬が、にっちもさっちもいかなくなっていたのだ。

「あっ、リヌス！　助けて！　この子の頭が、ぬけなくなっちゃったの！」フレデリケは、リヌスを見るなり、すがるようにさけんだ。

「きみの犬、バケツに首つっこんで、何しようとしてたんだい？」

「フローは、ものすごく好奇心旺盛《こうきしんおうせい》で、食欲《しょくよく》も旺盛《おうせい》なの。バケツの中をなめてるうちに、すっぽりはまっちゃったのよ。いったい、どうしたらいいの？」

あわれな犬は、すっかりつかれはて、よわよわしく鳴きながら、ブルブルふるえている。

「ぼくに、ちょっとやらせて」リヌスはバケツを用心深く引っぱって、フローの頭からはずそうとした。

だが、いくら引っぱっても、バケツは1センチも動かない。フローの頭は、このきゅうくつなろうやに、ぎっちりとはまったままだ。

「やめたほうがいいな。これ以上《いじょう》やったら、いたいよ。かわいそうだ」と、リヌスは引っぱるのをやめた。

「じゃあ、このまま永久《えいきゅう》にバケツをかぶったままってこと?!」フレデリケは、いても立ってもいられないようすだ。

リヌスは、横目でオルビーを見た。

小さなロボットは、じーっとフローを観察《かんさつ》していたが、まるで工場の技術者《ぎじゅつしゃ》みたいにこういった。

「オルビーの分析《ぶんせき》によりますと、フローの頭は、円周20センチメートルのバケツの中に、100％《パーセント》入っており、頭とバケツとのすきまは、ゼロミリメートルです」

この声ではじめて、フレデリケは、ベビーカーの中のブリキの頭に気がついた。

「ちょっと！　これ、ロボットじゃない！」フレデリケが、すっとんきょうな声をあげた。

もちろん、しゃべるロボットなんて見るのは、はじめてにちがいない。

「うん、オルビーっていうんだ。きっと助けになってくれると思うよ」

オルビーのことをフレデリケに知られてしまったが、そんなこと、どうでもいいや。とにかく、オルビーに犬を助けてもらわなくちゃ！

「オルビーは、この問題を解決《かいけつ》します」

ロボットはそう宣言《せんげん》すると、ベビーカーからおりてきた。

フレデリケは、目を丸くした。

小さなロボットが、トコトコと自分の犬に近づいていく。

そして、プラスチックのバケツのふちをつかむと、まるでゴムみたいにバケツを引きのばしはじめた。

シュポーン！

バケツから解放《かいほう》された子犬は、うれしそうにほえながら、フレデリケとリヌスのまわりをピョンピョン走りまわった。

パカン！

成功《せいこう》を祝《いわ》って、リヌスはオルビーのブリキの手とハイタッチした。

「奇妙《きみょう》です。オルビーの分析《ぶんせき》では、この犬のおしりの部分はテリア種《しゅ》なのに、頭はプードル種《しゅ》に属《ぞく》しています」と、オルビーがふしぎそうにいう。

「フローは雑種《ざっしゅ》なのよ！」と、フレデリケがわらった。

「テリアの頭だろうと、プードルの頭だろうと、どっちでもいいよ。とにかく、もうバケツ頭じゃなくなったんだからね！」と、リヌスもじょうきげんだ。

そのとき、あぜ道を、だれかがこっちに歩いてくるのが見えた。

「たいへんだ！　だれかくる！」リヌスがさけぶと同時に、オルビーはベビーカーにとびこんだ。

「フレデリケ、オルビーが人に見つかっちゃ、まずいんだ。きみ、どこかいいかくれ家《が》、知らない？」

「知ってる！　うちのおばあちゃんの菜園《さいえん》！　あそこなら、だれにも見つかんないわ！」

そういうが早いか、フレデリケは先に立って歩きだした。

リヌスは、ベビーカーをおしながらついていった。

15 オルビーのかくれ家《が》

期待どおり、いや、それ以上《いじょう》だった。

フレデリケのおばあちゃんの菜園《さいえん》は、ぶあつい生《い》け垣《がき》でぐるりとかこまれていた。

きれいにかりこまれた生《い》け垣《がき》の向こうに、脱走《だっそう》したロボットがひそんでいるなんて、だれが想像《そうぞう》するだろう。

「おばあちゃんは、ここにはもうきてないの。年とって、畑仕事がやりきれなくなっちゃったから。でも、うちのパパとママは、畑仕事が大きらい！　だから、ここは、完全《かんぜん》にあたしたちのものよ」と、フレデリケがふたりに話した。

なるほど、畑は雑草《ざっそう》だらけだし、芝生《しばふ》ものび放題だ。

「オルビーのかくれ家《が》に、もってこいだよ！」リヌスは大満足《だいまんぞく》だ。

それから、フレデリケが、リヌスとオルビーを、菜園《さいえん》のはしにたっているかわいらしい小屋に案内《あんない》した。

小屋の中には、やわらかいソファー、ふたつのイスと丸いテーブルがあって、いかにもいごこちがよさそうだ。

小屋の中で、ほっとひと息ついたところで、リヌスはフレデリケに、オルビーと知りあったいきさつを話した。

オルビーを開発した科学者たちが、オルビーをたったひとりで宇宙《うちゅう》におくりだすつもりだったということを聞くと、もちろん、フレデリケもカンカンにおこりだした。

「オルビー、ここにすきなだけいていいいんだからね！」

そういって、フレデリケがオルビーをはげますと、骨《ほね》をかじっていたフローも、さんせいです！　というように、ほえた。

「オルビーは、フレデリケに感謝《かんしゃ》します！　オルビーの分析《ぶんせき》では、フレデリケはとてもしんせつで、ちっとも、ヘボでもしゃくの種《たね》でもありませんね！」

小さなロボットはそういって、フレデリケにほほえみかけた。

「ヘボ？　しゃくの種《たね》？　なんで、あたしが、そうなるわけ？」

「リヌスがそういったのです！」

いつもながら、オルビーはバカ正直だ。

リヌスはテーブルの下にでもかくれたかったが、勇気《ゆうき》をふるいおこしていった。

「ごめん。だって、頭にきてたんだよ、きみのこと。となりにはすわらされるし、おかげで、ほかの男の子たちからはわらわれるし」

「それは、りくつに合いません。もし、それだったら、ヘボなのはほかの男の子です。リヌスはその男の子たちに腹《はら》を立てるはずです」

オルビーの結論《けつろん》に、フレデリケがうなずきながら、リヌスを見る。

「うん。オルビーのいうとおりだ。ぼくがまちがってたよ」リヌスはそうみとめると、さらに思い切って、フレデリケに白状《はくじょう》した。

「ほんとうのことをいうよ。あのバイクの4人組をやっつけられたのも、オルビーの助けがあったからなんだ」

これを聞くと、小さなロボットは、心からうれしそうに、友だちの肩《かた》をやさしくたたいた。

フレデリケは、リヌスのほおに、チュッとキスした。

女の子からの、はじめてのキス！

リヌスはたちまち、トマトみたいにまっ赤《か》になった。

この変化《へんか》を、オルビーが見のがすはずがない。リヌスによっていって、しげしげと顔を見ながら、たずねた。

「人間は、キスされると、いつも赤くなるのですか？」

リヌスは話をそらせようとしたが、フレデリケは、ちゃんとオルビーにこたえた。

ツルツルのブリキの鼻に、キスして。

たちまち、キラキラピカピカ、オルビーの耳がミラーボールみたいに盛大《せいだい》にかがやきだした。

「警告《けいこく》！　警告《けいこく》！　またヒューズが切れそうです！」

16 オルビーの発明

つぎの日、オルビーは菜園《さいえん》の手入れにとりかかった。

芝生《しばふ》をかり、雑草《ざっそう》をぬいた。

となりのねこのローラがやってきて、この奇妙《きみょう》な庭師《にわし》をふしぎそうな顔でながめた。

いったい何者なのかしら？　見かけない顔だけど。

人間なの？　でも、ブリキのにおいがするわ。

知りたがりのローラがさらにおどろいたのは、このブリキの庭師《にわし》が、「ぼんやり立ってこないで、ちょっとどいてくれにゃい？」とねこ語で話しかけてきたことだ。

じっさい、オルビーには山ほどやることがあった。

菜園《さいえん》を、とびっきりきれいにしてしまうと、こんどは小屋だ。

屋根の修理《しゅうり》をし、ゆかのふきそうじをし、ドアのペンキをぬりかえた。けれど、そんなことも、オルビーにとっては、へのカッパ！　あっというまにやり終えると、すぐにまたたいくつしてしまった。あとはただ、リヌスとフレデリケが会いにくるのを、今か今かと待つだけだ。

そのころ、リヌスとフレデリケは、まだ学校にいた。

おたがいに悪く思う気持ちなど、もうすっかり消えてしまった。

それどころか！　オルビーのおかげで算数が大すきになっていたリヌスは、むずかしい問題のときかたをフレデリケに教えてあげたし、フレデリケのほうは、とくいな国語の書き取りで、リヌスを助けた。

休み時間になると、ふたりでおにごっこをした。ほかの男の子にへんな目で見られても、リヌスはちっとも気にならない。

学校が終わるや、ふたりはいっしょに自転車でオルビーのいる市民菜園《しみんさいえん》に向かった。

「リヌスとフレデリケが友だちになって、オルビーはうれしいです！　ふたりはとっても気が合っています。ふたりとも、これまで友だちがありませんでした。どちらも、とってもしんせつなのに！」

ふたりがいっしょに宿題をするのも、小さなロボットはよろこんだ。そのあと、3人は夕方までいっしょにあそんだ。

でも、ふたりの友だちが夕ごはんを食べに家に帰ってしまうと、またひとりぼっち。すると、オルビーは、ふたたびなやみはじめるのだった。

この新しいすみかは気に入ったけど、何かがたりない気がする……。

そう、たりないのは新しい課題《かだい》だ。オルビーは役に立ちたいんだ！　さびてこわれるまで、芝生《しばふ》をかったり、ちっちゃな畑をたがやしたりするなんて、つまらない。何か、もっとむずかしくて、新しいことを……。

オルビーは、もの思いにふけり、夕日がしずんでいくのをながめた。

ツピーッ、ツピーッ。

1羽の鳥が菜園《さいえん》の向こうへとんでいく……。

そうだ！　いいことを思いついたぞ！

オルビーは、小屋のうらにたっている小さな物置《ものお》きへとんでいった。

そこには、ありとあらゆるガラクタがつめこまれている。

つかわなくなった浴槽《よくそう》、エンジンのついた古い芝《しば》かり機《き》、こわれた蓄音機《ちくおんき》、ほかにもたくさんのさまざまなガラクタ。

ふつうの人なら、そんなガラクタ、粗大《そだい》ゴミ処理場《しょりじょう》にすてるか、ガラクタ市にでも持っていくだろう。

だが、オルビーは、ふつうの人間じゃない。人間ですらない。ロボットだ。しかも、世界一高性能《こうせいのう》の電子頭脳《ずのう》を持ったロボット。その電子頭脳《ずのう》が今、フル回転ではたらいているのだ。

「オルビーは、宝《たから》の山を発見しました！」

オルビーは歓声《かんせい》をあげると、さっそく仕事にとりかかった。

何か、まったく新しいものを発明するんだ！　どんな形になるかは、まだわからないが、名前はもうついている。

オルビコプター！

これにくらべたら、ハイパープラズマロケット砲《ほう》なんて、子どものおもちゃだ！

オルビーは、ただちに、役に立ちそうなものをつぎつぎに分解《ぶんかい》しはじめた。芝《しば》かり機《き》、柱時計、古いラジオ……。

あっというまに、ゆかは、ねじや歯車、ピストン、バネなどの小さな部品で、足のふみ場もなくなった。

ふつうの人間は、こんな中から何かをつくりだすなんて、ぜったいできないにちがいない。

でも、オルビーは？

そう！　オルビーは超高性能《ちょうこうせいのう》ロボットだ！

新しい発明を生みだすのに何日かかるか、計算もすんでいる。

ただし、この計画は、当分のあいだ、リヌスにもフレデリケにもひみつにしておこう。

ふたりを、うんとおどろかしてやるんだ！

17 クラレとエディ

さて、こちらは、空《あ》き巣《す》ねらいのふたり組、クラレとエディ。

ふたりはいっしょに、町はずれの使われなくなった電車の車両に住んでいる。

おもしろいことに、このふたり、見た目がまったくちがう。

クラレはやせていて、背《せ》が高い。エディは太っていて、背《せ》がひくい。

クラレの頭は、天然《てんねん》パーマの黒い髪《かみ》。一方、エディはハゲ頭で、それを毎日みがいている。

ふたりの持ち物は、すべてぬすんできたものだ。服、ふとん、まくら、テレビはもちろん、朝ごはんのパンさえ、毎朝スーパーからぬすんでくる。

だが、リーダーのクラレは、そんなケチなぬすみに満足《まんぞく》していなかった。

クラレの夢《ゆめ》は、とてつもなくでっかいぬすみをはたらいて、死ぬまで大金持ちでいること！

たいていの人は、有名な歌手やサッカー選手《せんしゅ》を手本にがんばるものだが、クラレが大先生とあおぐのは、世紀《せいき》のギャング、アル・カポネ。ただ、ざんねんながら、クラレとエディのコソどろぶりは、偉大《いだい》なアル・カポネの足元にもおよばない。

つい最近《さいきん》も、空《あ》き巣《す》に入ったつもりが、まっ赤《か》なペンキ攻撃《こうげき》をうけ、体じゅうにくっついたペンキを洗《あら》い落とすのに、半ダースもの石けんをつかって、何時間も奮闘《ふんとう》しなくちゃならなかった。

リーダーのクラレは、自分たちをこんな目にあわせたのは、ペンキをふきだす、いまいましい新型《しんがた》の警報装置《けいほうそうち》だと思っていたが、エディはそうは思っていなかった。

じつは、おせじにも頭がいいとはいえないエディのほうが、今回はあたっていたんだ。

「ボス、おれ、見たんだよ。あの部屋のすみっこから、ちっこいロボットがでてきたんだ。そいつが、そうじ機《き》を大砲《たいほう》みたいにかまえてよ！　それでもって、おれたちを攻撃《こうげき》しやがったんだよ！」

だが、クラレは、聞く耳を持たない。

「そうじ機《き》をかまえたロボットだと？　バカもやすみやすみいえ！」

「わかってるよ、おれの頭が、ちっとばっかしにぶいってことは。でも、目はちゃんと見えるよ！」

エディはそうさけんで、小さな子どもみたいに足をふみ鳴らした。

「このヤカン頭め！　もし、それがほんとにロボットだったら、ほうきだって食ってやらあ！」いらだったクラレはそういうと、テレビのスイッチを入れた。「もう、おれに話しかけるな！　今から、極悪非道《ごくあくひどう》の犯罪人《はんざいにん》がでてくるサスペンスドラマがはじまるんだから」

クラレは、犯罪《はんざい》のからんだサスペンスドラマが大すきだ。だけど、たいていのサスペンスはさいごに犯人《はんにん》がつかまってしまう。だから、いつもさいごの10分で、テレビを切ることにしていた。

ところが、今晩《こんばん》にかぎって、クラレはついてなかった。

どんなにチャンネルをかえようが、サスペンスドラマはひとつもやってない。

「こんなくだらん映画《えいが》、いったいどこの局がやってやがんだ？」

腹立《はらだ》ちまぎれに、クラレは、パーンとエディに平手打ちを食らわした。

きげんが悪くなると、クラレはいつもそうやる。すると、たいてい大げんかになり、さいごにはふたりともふきげんになるというわけだ。

だが、きょう、エディは、平手打ちなどなんともなかった。まっ赤《か》になったほおに手をあてたまま、テレビのニュースを一心に見つめている。

アナウンサーのとなりにうつっているのは、ロボットの写真。

こ、これは、この前、空《あ》き巣《す》に入ったとき、おれたちをとんでもない目にあわせた、あのロボットじゃないか！

「あ、あー！　あのロボットだー！」エディは、まるで巨大毒《きょだいどく》グモにでもさされたみたいな金切り声をあげると、テレビの音を大きくした。

「警察《けいさつ》から、市民《しみん》に捜査協力《そうさきょうりょく》のねがいがだされました。ぬすまれたスーパー高性《こうせい》能《のう》ロボット、オルビーの手がかりは、いまだまったくつかめていません。手がか

りを提供《ていきょう》してくれた市民《しみん》には、10000ユーロの賞金《しょうきん》がしはらわれるということです」

画面のロボットを見たとたん、クラレは、あんぐりとあいた大口をとじることができなかった。

エディが……、ゆでたジャガイモみたいにまぬけなエディが、正しかったんだ。こいつがいってたロボットというのは、ほんとにいたんだ！

「おまえ、ほんとに……ほんとに……、つまり、ほんとにたしかに、たしかにほんとにたしかにぜったいそう思うんだな？　あの地下室にいたやつってのが、こ、このロボットなんだな？」

「ほんとだよ、ボス、ちかってもいいよ！」エディはそういって、テレビの画面を食い入るように見つめた。

ニュースでは引きつづき、オルビーの過去《かこ》の映像《えいぞう》が流されていた。

小さなふくざつな機械《きかい》を修理《しゅうり》するオルビー、きれいな字で名前を書くオルビー、そうじ機《き》をかけるオルビー……。

そうじ機《き》?! そうだ、まちがいない! 地下のあいつは、オルビーにちがいない!

ずるがしこいクララの頭が、はたらきはじめた。

この世界一頭がよくて器用《きよう》なロボットは、きっと、ものすごーーく、おれたちの役に立つぞ!

一方、エディは、クラレのそんな考えなど、これっぽっちもわからず、かけに勝ったのがうれしくてたまらない。

ほうきをつかんで、ボスにさしだした。

「さあ、ボス、めしあがれ！　塩《しお》とコショウも持ってこようか？」

「やめろ！　バカバカしい！」

クラレは、エディにもう一発平手打ちを食らわした。こんどは左のほおに。それから、立ちあがって、そわそわと部屋を歩きまわった。

あんなかしこいロボットをつかえば、できないことなどあるもんか！

「あのロボットを見つけだすぞ！　今すぐだ！」

これは、エディにも理解《りかい》できた。

「いいアイデアだよ、ボス！　10000ユーロもらったら、おれたち金持ちだ！」

「バカめ！　おれたちも指名手配中だってことをわすれたのか？　しかも、1000ユーロの賞金《しょうきん》つきで！」

「そっか！　じゃあ、10000ユーロもらったら、それから1000ユーロはらえばいいよ。そうしても、えーっと、まだ9000ユーロはのこるよ！」と、エディが計算する。

「このノウタリンめ！　わからんのか？　おれたちがロボットを警察《けいさつ》につれていってみろ。その場で、おれたちまでつかまるじゃないか！」

いうなり、クラレはエディの頭をポカリとやった。

「いてっ！　じゃあ、そのロボットをどうしようってんだよう？　食いぶちがひとりふえるだけじゃねーかよう！　今だって、冷蔵庫《れいぞうこ》は空っぽだってのにー！」

エディの泣《な》き言《ごと》に伴奏《ばんそう》するように、エディの腹《はら》がググーと鳴った。きのうの晩《ばん》から、何も食べていないのだ。

「心配するな！　おまえのその腹《はら》を、すぐに満腹《まんぷく》にしてやる。苦しいほど満腹《まんぷく》にな！」

クラレはそうやくそくすると、腹《はら》の中で考えた。

あの高性能《こうせいのう》ロボットをつかえば、なんだってできる。

完全犯罪《かんぜんはんざい》も夢《ゆめ》じゃないぞ！

18 ねらわれたオルビー

その日からというもの、クラレののぞみはただひとつ。

あのロボットを、自分たちのところにつれてくること！

そこで、クラレとエディは、ロボットに出会った場所へもどってみた。

いや、正確《せいかく》にいうと、あの地下室へもどったわけではない。というのは、ふたりは、またペンキ攻撃《こうげき》をうけるのがこわかったので、地下室へおりていく勇気《ゆうき》がでなかったんだ。

ふたりは、リヌスが住んでいるマンションまでやってくると、地下室に通じるドアの前で、いいあらそいをはじめた。

「あのいまいましいロボットがいるのは、この地下だ。おまえ、おりてってつれてこい！」と、クラレがエディに命令《めいれい》した。

「とんでもねーよ！　そしたら、またあいつにペンキでやられちまうじゃねーか！　いくらおれでも、そこまでバカじゃねーよう！」

あのハイパープラズマ赤ペンキロケット砲《ほう》の威力《いりょく》を、いやというほど思い知らされていたエディは、いうことをきかない。

そのとき、足音が聞こえてきた。

「かくれろ！」クラレがあわててささやいた。

ふたりがかべのくぼみに身をかくしたとたん、ふたりの子どもが階段《かいだん》をおりてきた。

フレデリケとリヌスだ。

「オルビーがたいくつしていないといいけど。あんなさびしい市民菜園《しみんさいえん》の小屋の中に、たったひとりでいるんだもん」とフレデリケ。

「でも、どうしようもないよ。ロボットを学校につれていくわけにもいかないしさ！」リヌスがそういいながら、フレデリケといっしょにマンションからでていった。

「おい、聞いたか？　あのガキども、ロボットのことを話してたぞ！」

クラレは大よろこびで、エディに平手打ちを食わらせた。

「いてっ！　う、うん、話してたけど……？」と、エディはあいかわらず、飲みこみが悪い。

「なんでわからないんだ?!　あいつら、ぜったい、あのロボットを市民菜園《しみんさいえん》にかくしてる。それで、今からそこに会いに行こうってんだ。まちがいない！」

「そいで、おれたちは？」

「あいつらを尾行《びこう》するんだ！」

「尾行《びこう》？　そんなこたあ、むりだよ！　おれたち、デカじゃないんだから！」と、エディが大声をあげた。

だが、クラレは口ごたえをゆるさなかった。

「このボンクラやろう！　あいつらがロボットをかくしてる場所を、ほかにどうやってさがしだすってんだ！　さあ、行くぞ！」

クラレは、いやがるエディをマンションの外へおしだした。

外にでると、ちょうど、リヌスとフレデリケが自転車にとび乗って出発するところだ。

空《あ》き巣《す》ねらいのふたりは、すぐさま追跡《ついせき》を開始した。

ただし、自分の足で走って。というのも、まだ追跡《ついせき》のための車をぬすんでいなかったからだ。

一方、リヌスとフレデリケは、悪党《あくとう》どもに尾行《びこう》されているとは夢《ゆめ》にも知らず、市民菜園《しみんさいえん》へと自転車を走らせる。

空《あ》き巣《す》ねらいのふたりは、2、3分も追いかけると、もう息が切れてきた。とくに、太ったエディは、ゼーゼーヒーヒー、まるで蒸気機関車《じょうききかんしゃ》だ。

「もうダメだ。あせが滝《たき》みたいにでるよ！」と、エディがうめく。

「まったく！　もう、へたばりやがったのか！　またビンタがほしいんだな?!」

クラレのほうは、あきらめる気などまるでない。

けっきょく、この息の合わない追跡《ついせき》は、たった10分で終わり、ふたりは自転車を見うしなってしまった。

ところが、ふたりがあきらめかけたとき、なんとぐうぜんにも、すぐ近くを自転車で菜園《さいえん》へ向かうリヌスとフレデリケが見えたじゃないか。

リヌスたちは、高い生《い》け垣《がき》の前で自転車をおりると、木戸をあけ、自転車ごと中へ入って見えなくなった。

「やったぞ！　あそこがかくれ家《が》だ！」クラレはじょうきげんでささやくと、その木戸のほうへ走っていった。

「しかし、ほんとに、この中にロボットがいるのか？　たしかめんことには落ちつかんな！」

だが、木戸は高くて、とびあがったところで菜園《さいえん》の中はのぞけないし、生《い》け垣《がき》もすきまなくしげっていて、見通すこともできない。

「ちくしょう！」

クラレが、カッカしながらエディを見ると、エディはいつのまにか、ちゃっかり木かげでくつろいでいた。昼寝《ひるね》をするつもりだ。

クラレがまゆをつりあげて、エディをしかりつけた。

「おい、昼寝《ひるね》なんかしてる場合じゃないぞ！　今からどうすればいいか、おまえも少しは考えろ！」

「ボス、いい考えがあるよ。まず、たっぷり休んで、それから、生《い》け垣《がき》の下にトンネルをほればいい！」

「あほんだら！」

エディをにらみつけたとたん、クラレはいいことを思いついた。

「そうだ！　この木に登れば、菜園《さいえん》の中がよく見えるはずだ！　おい！　おまえ、ふみ台になれ！」

エディの背中《せなか》は、まるでスプリングのきいたソファーみたいにはずむ。クラレは、やすやすと木に登ることができた。

てっぺんまでくると、見晴らしは予想以上《いじょう》だった。

菜園《さいえん》のまん中に、小さなロボット！　それが、ふたりの子どもと、まるで人間同士のように楽しげに話をしてるじゃないか！

クラレは耳をそばだてた。

30分後、中のようすを十分見聞きしたクラレは、そうっと木からおりてきた。

おや？　エディはどこだ？

クラレが見まわすと、太った相棒《あいぼう》はしげみのかげでねむりこみ、1キロ四方にひびきわたるほどバカでかいいびきをかいている。

「またこのパターンか！　おれにぜんぶ仕事をやらせやがって、おまえはグーグー昼寝《ひるね》ってわけだな！」

クラレは、エディをゆり起こした。

「ん？　ロボット、見つかった？」

「見つかったどころか！　おい、聞いておどろくな！　あのロボットはな、ぬすまれたんじゃない。研究所から、自分でにげだしたんだ！　そして、今は、あのリヌスってこぞうと、やつのガールフレンドに、かくまわれてるってわけよ！」

「よく、わからねぇーよ。あのロボット、ほんとに自分でにげだしたのかい？」

エディがそういって、ハゲ頭をかいた。

「そうだ。本人によるとな、ひとりっきりで宇宙《うちゅう》に打ちあげられるのが、不安《ふあん》だったんだと！　おい、考えられるか？　ロボットがだぞ、不安《ふあん》になるんだとさ！」

「そいで、おれたち、どうするんだい？」

「ブレヒマイヤーって、鉄くず屋、知ってるよな？　あいつの金庫にゃ、たんまり金が入ってて、たしか、厳重《げんじゅう》にかぎがかけられてるってうわさだったが……」

そういって、クラレがニヤリとわらった。

19

誘拐《ゆうかい》されたオルビー

日曜日の朝は、すばらしい天気だった。

かがやくような青い空。鳥も楽しげにさえずっている。

市民菜園《しみんさいえん》の小屋からじょうきげんでてきたオルビーは、朝ごはんのミルクをもらいにきたねこのローラに、いつものように「ニャ〜ウ〜〜」とあいさつされた。

オルビーは、ねこ語でローラに報告《ほうこく》した。

「きょうは、ローラにいつもの2倍のミルクをやるんニャ！　オルビーはとってもうれしいんニャ。ついに、オルビコプターが完成《かんせい》したからニャー！」

ねこは、のどをゴロゴロ鳴らしながら、オルビーのブリキの足に体をすりつけていたが、すぐに静電気《せいでんき》で毛がつったたって、ハリネズミみたいになってしまった。

オルビーが、ローラのミルクを持ってこようとしたとき、生《い》け垣《がき》の木戸をノックする音が聞こえた。

オルビーは、リヌスとフレデリケから、どんなことがあっても戸をあけないようにと、よくよくいわれていたので、このままじっとかくれていようと決心した。

ところが、そのとき、知らない男の声が、こんなことをさけんだ。

「オルビー、あけてくれ！　重大なことなんだ！」

オルビーの電子頭脳《ずのう》が、カタカタと音をたててフル回転しはじめた。

いったい、だれなんだろう？　リヌスとフレデリケ以外《いがい》、オルビーの名前はだれも知らないはずなのに！

すると、また同じ声がこういった。

「おれを信用《しんよう》しな、オルビー！　リヌスのつかいできたんだよ！」

オルビーは、この状況《じょうきょう》を分析《ぶんせき》してみた。

外にいるのは、知らない人間だ。それなのに、オルビーの名前を知ってるし、リヌスのことも知っている。

どうすればいいんだろう？

すると、知らない人間が、かぎのかかった木戸の向こうから、またたのんだ。

「おれは、リヌスとフレデリケの友だちなんだ！　オルビー、後生だから、あけてくれよ！」

オルビーは、こたえることにした。

「なぜ、オルビーは、あなたのことを知らないの？　あなたは、だれ？　リヌスとフレデリケは、どこにいるの？」

「オルビー、おれを中に入れてくれ！　そしたら、ぜんぶ説明《せつめい》するからさ」知らない男がそういった。

オルビーは、もういちどよく考えてみた。

外にいる男が悪い人間で、かつ、何か危害《きがい》をくわえようとしている、ということが、ありうるだろうか？　いや、ありそうにない。なぜなら、男は、リヌスとフレデリケの知り合いなのだから。

そこで、オルビーは木戸をあけて、その男を中に入れた。

男はクラレだった。

だが、きょうは、地下室のときのヘルメットをかぶっていなかったので、オルビーは、クラレだということがわからなかった。

「やあ、オルビー、ありがとうよ！」

クラレは気安くそういって、まるで昔からの友だちのように、オルビーの肩《かた》をたたいた。

「オルビーは、あなたを知らない。あなたは、だれ？」

「おれは、リヌスのおじだ。おまえさんを助けにきたんだよ。オルビー、今すぐここからにげるんだ！　もうすぐ警察《けいさつ》がやってくる。このかくれ家《が》のことが知られちまったんだ！」と、クラレが出まかせをいった。

「でも、リヌスはどこ？　どうして、いっしょにこなかったのですか？」

「リヌスは、部屋のかたづけをしなきゃならないんだよ。さあ、早くここからにげるんだ！」と、クラレがせきたてた。

「オルビーは、うそはきらいだ！　ほんとうに、あなたを信《しん》じてもいいの？」小さなロボットは、念《ねん》のためにもういちどたずねた。

「おまえさんがおれを信用《しんよう》しないってんなら、いいよ、おれは帰る！」クラレは、おこったようにいって、帰るふりをした。「だが、リヌスはずいぶんとかなしむだろうな！　おまえさんが警察《けいさつ》につれていかれたりしたら」

「待って、オルビーはあなたを信《しん》じる。オルビーは、リヌスをかなしませたくない！　それに、宇宙《うちゅう》にとばされるのもいやだ！」

「じゃあ、急げ！　時間がないんだ！」

クラレはそうさけぶと、オルビーの手をつかんだ。

オルビーは、クラレを信用《しんよう》したので、いっしょに菜園《さいえん》のあぜ道を歩いて駐車場《ちゅうしゃじょう》までやってきた。

そこには、エディが、ぬすんだライトバンに乗りこんで、ふたりを待っていた。

ちょうどそのとき、リヌスとフレデリケが自転車であらわれた。

ふたりは、朝ごはんのあと待ち合わせて、日曜の一日をオルビーとすごそうとやってきたのだ。

「見て！　あそこにいるの、オルビーよ！」駐車場《ちゅうしゃじょう》をつっきろうとして、フレデリケがさけんだ。

小さなロボットが、クラレに助けられて、ライトバンに乗りこんでいる。

「リヌス、見た？　さっきの男、だれなの？」

「わからない。見たこともない男だよ！」

リヌスは胸《むな》さわぎがした。

なぜ、オルビーは、知らない男となんか、車に乗りこんだんだろう？

「リヌス、あとをつけよう！」

フレデリケがさけんだと同時に、ライトバンが走りだした。

「よし、行こう！」

すぐさま、ふたりは追跡《ついせき》を開始した。

たしかに、車のほうが自転車より速いが、赤信号《あかしんごう》でしょっちゅうとまらなくちゃならない。そのあいだに、ふたりはおくれをとりもどすことができた。

リヌスは、わけがわからなかった。

いったい、車に乗っているふたりの男は、だれなんだろう？　オルビーを、どこにつれていこうというんだ？　しかも、オルビーは、まるで自分から進んでついていってるみたいじゃないか！　なぜなんだ？

リヌスとフレデリケには、まだわかっていなかったんだ。人を信《しん》じやすいオルビーが、ふたりの悪党《あくとう》の悪だくみにだまされて、車におびきよせられたことが。

車の中では、クラレが、さらにひどい大うそを披露《ひろう》していた。

自分はリヌスのお気に入りのおじで、こっちにいるのは、友だちのエドワード、つまり、エディだ。今から、オルビーを、自分たちが住んでいる鉄くず置《お》き場《ば》に案内《あんない》しよう、と。

「あなたも、リヌスの友だち？」と、オルビーはエディに聞いた。

エディは、それまでしっかり口をとじていた。クラレに、ぜったいにしゃべるな！　といわれていたのだ。まぬけなエディがうっかり口をすべらせて、まずいことをいってしまうと、計画がおじゃんになりかねない。

そこで、エディの代わりに、クラレがこたえた。

「エドワードはしゃべれないんだ。気《き》の毒《どく》に、生まれつき口がきけないんだよ！」

すると、エディが、もっともらしく、かなしそうな顔をしてみせた。

20 鉄くず置《お》き場《ば》で

ときどき赤信号《あかしんごう》にひっかかるとはいえ、ライトバンはどんどん先に行ってしまう。リヌスとフレデリケがどんなにがんばっても、見うしないそうだ。

でも、あきらめるようなふたりではない！

ふたりは死に物ぐるいでペダルをこいだ。

だって、このままじゃ、オルビーがあぶない！

「がんばって！　あいつらをにがすわけにはいかないんだ！」と、リヌスは、おくれだしたフレデリケをはげました。

そして、リヌスのほうがつかれを見せはじめると、こんどはフレデリケがせきたてた。

「もっと速く、リヌス！　へこたれちゃダメ！」

ふたりのスピードは、とっくに自己最高記録《じこさいこうきろく》をこえている。きょうが自転車レースのワールド・カップだったら、優勝《ゆうしょう》してたかも！

うれしいことに、ライトバンは、まもなくわき道に入り、スピードを落とした。

そして、やっと、鉄くず置《お》き場《ば》の前にとまった。

リヌスとフレデリケは、見つからないように、はなれたところで自転車をおり、近くのへいのうしろにかくれた。

ふたりが見ていると、ライトバンから、ひとりの男がオルビーといっしょにでてきた。

もちろん、リヌスとフレデリケは、その男の名前がクラレだとは知らない。

クラレとオルビーは、鉄くず置《お》き場《ば》の鉄の門のほうへ歩いていく。

門の前で、クラレは、何かさがしてるようすで、ポケットをさぐった。

「ああ、おれとしたことが！　かぎをわすれちまった！　オルビー、おまえさん、この門のかぎがあけられるかい？」

「その問題、オルビーが解決《かいけつ》します！」

オルビーはこたえるなり、例《れい》の万能《ばんのう》人さし指で、あっというまにかぎをあけてしまった。

クラレが、したり顔で重い鉄の門をあけると、エディが、ライトバンを鉄くず置《お》き場《ば》の中に乗り入れた。

「じゃあ、事務所《じむしょ》で、リヌスを待つことにしよう！」クラレが芝居《しばい》をつづける。

信《しん》じ切っているオルビーは、悪党《あくとう》たちのあとからついていった。

事務所《じむしょ》の前で、ふたたびクラレが芝居《しばい》をうった。このかぎもわすれたというのだ。

そこで、またオルビーがかぎをあけてやり、３人は事務所《じむしょ》の中へと消えた。


リヌスとフレデリケは、注意深く、鉄くず置《お》き場《ば》の門の前のできごとを見ていたが、いったいどうなっているのか、さっぱりわからなかった。

「わかんないなあ！　なんでオルビーは、あんなやつらのためにかぎをあけてやったんだろう？」

「あたしにも、ぜんぜんわかんない！　でも、あのふたり、ぜったいあやしいよ！」

「うん、大いに犯罪《はんざい》のにおいがする！　あの中で何が起こってるのか、調べなくちゃ！」

リヌスはいせいよくそういったが、ほんとうはちょっぴり不安《ふあん》だった。いつも守ってくれていたオルビーが、今は、あちらがわにいるんだから。

「調べるなんて！　リヌス、あんた、こわくないの？」と、フレデリケがおどろいてたずねた。

「そりゃ、こわいさ。でも、きょうはきみがいるから」と、リヌスは正直にこたえた。

「あたしも、あんたがいっしょで、よかった」

フレデリケはそういうと、リヌスの手をにぎった。それから、ふたりは、ライオンのほらあなにでも入るような決死のかくごで、鉄くず置《お》き場《ば》の事務所《じむしょ》のほうへと、しのび足で近づいていった。

一方、事務所《じむしょ》の中では、オルビーがリヌスのことを心配していた。

「リヌスはどこ？　せっかくリヌスがオルビーをかくしてくれていたのに、オルビーがこんなところにきたら、リヌスはおこらない？」

「おれのかわいいおいっ子のことなら、心配しなくていいよ。それより、ちょっとこの金庫をあけてくれないか？　おれも、やきがまわったな。かぎの組み合わせ番号をどわすれしちまったんだ」

クラレはそういって、事務《じむ》づくえのうしろにある大きな金庫を指さした。

またしても、オルビーはまったくうたがわない。それどころか、こんどは、このニセのおじの脳《のう》みそのことまで心配してやった。

「オルビーは、つぎのように推察《すいさつ》します。リヌスのおじさんは、ふたつのかぎをわすれ、金庫の番号も思いだせません。つまり、記憶喪失《きおくそうしつ》にかかっています。この病気には、いろいろな原因《げんいん》があります。オルビーが、いくつかの病院の住所を教えるから、診《み》てもらったほうがいいよ！」

早く金庫をあけてもらおうとイライラしているクラレは、今にもどなりそうになった。でも、ぐっとがまんして、オルビーの肩《かた》をなれなれしくたたいていった。

「ありがとうよ！　オルビー。だが、その前に、まず金庫をあけてくれないかな」

オルビーは、コクンとうなずき、すぐ仕事にかかった。

金庫のぶあつい鉄のとびらに耳をあて、かぎのダイヤルをまわす。

オルビーが正しい番号にダイヤルを合わせるたび、**カチリ！**　と、とても小さい音が聞こえる。

クラレがニヤリとわらって、エディに目くばせをしたときだ。

ビーッ　ビーッと、けたたましいブザーがひびきわたり、オルビーの鼻が、**ピカッ　ピカッ**と光りだした。

オルビーが、仕事の手をとめた。

「バッテリーが切れそうです。充電《じゅうでん》しなくてはなりません！」

「すぐ充電《じゅうでん》してやるから、その前にさっさと金庫をあけてくれ！」

クラレが、ほとんどどなるようにいった。

しんせつなオルビーは、クラレのたのみを聞いて、ふたたびダイヤルをまわしはじめた。うしろで、クラレとエディがニヤニヤしながら、もみ手をしてるのも

知らずに！

ところが、リヌスとフレデリケが、このようすをまどの外からちゃんと見ていたんだ。

ふたりには、ここで何が起こっているのか、もうはっきりとわかった。

「あいつら、オルビーを利用《りよう》してるんだ。なんてきたないやつらだ！」と、声をおしころしてリヌスがいった。

「でも、オルビーは、なんであいつらを信《しん》じてるの？」

「ああ、それはね、オルビーがぜったいにうそをつかないからなんだ。だから、自分がうそをつかれてることに、気づかないんだよ！」

そうしているうちに、オルビーはダイヤルをすべて正しい番号に合わせ、金庫の重いとびらをあけた。

待ってました！　とばかり、クラレとエディが金庫の中に手をつっこんだ。

クラレの予想どおり、鉄くず屋は、しこたま金をためこんでいた。金庫の中には、ぶあつい札束《さつたば》がふたつもあった。

「こりゃあ、宝《たから》くじにでもあたったみてえだな！」

有頂天《うちょうてん》になって、エディがさけんだ。しゃべれないことになっているのもわすれて。

そのとたん、オルビーの目が**パッ**と開いた。

エネルギー不足《ぶそく》でぼんやりしていたオルビーの電子頭脳《ずのう》に、さいごの電流が流れたんだ。

「エドワードが、しゃべれる、ように、なってます！」

「あんまりよろこんだもんで、声をとりもどしたんだろう」札《さつ》を数えながら、クラレがごまかした。

だが、オルビーは、エディの声をちゃんとおぼえていた。

「この声、オルビー、知ってます！　空《あ》き巣《す》ねらい、地下室にいた……」

「バカいうない！　おれは、うんとちいせー声でしかしゃべらなかったんだ。おめえに聞かれてるわけねーよ」と、エディが、もうひとつの札束《さつたば》をつかみながらオルビーにいった。

「このどあほう！　そういって、自分から正体をばらしてるってことがわからないのか！」

クラレがいかりくるって、エディに平手打ちを食らわした。

「あ、空《あ》き巣《す》ーねらいー、もうひとーりーのー」

まのびした声で、オルビーがクラレにいった。電流はもうほとんどなくなっている。

「ボス、やっぱ、このブリキ缶《かん》頭にはかなわねーよ」と、エディが芝居《しばい》をあきらめた。

「オルピーは、プーリキー缶《かん》、ちがーう。オルピー、うそーつきー、どーろぼう、こーらーしめるーー!?」

オルビーは、ヒヨコのようなピーピー声でいうと、ふたりの悪党《あくとう》のほうへ、ゆっくり、ゆっくり歩きだした。

ふたりは急におそろしくなって、ズルズルとあとずさりしはじめた。

「ずらかろうよ、ボス。このブリキの缶《かん》づめは、き、き……、き、き……、き、危険《きけん》きわまるよ!」

このありさまを、リヌスとフレデリケは、やきもきしながら見ていた。

バッテリーの切れかかったオルビーは、超《ちょう》スローモーションで、ふたりの悪者におそいかかろうとしている。でも、半分まで近づいたところで、とうとうとまってしまった。

オルビーの目は光をうしない、両うでがダランとたれさがった。

「やつのバッテリーが切れたんだ! ふーっ! あぶないところだった!」

クラレが、ほっと、ひたいのあせをぬぐった。

「今のうちに、にげるが勝ちだよ！」と、エディがせかす。

だが、クラレはぬけ目がなかった。

「待て！　もし、だれかがこいつを見つけて充電《じゅうでん》したら、どうする？　おれたちのことをベラベラしゃべるにきまってるぞ！」

そうなるとまずい、ということは、さすがのエディにもわかった。

「じゃあ、どうするんだい？」

「このブリキ缶《かん》やろうを、鉄くずにしちまうんだ！　あそこのスクラッププレス機《き》の中にほうりこんじまえ！」と、クラレがいいはなった。

これを聞いたとたん、リヌスとフレデリケは、心臓《しんぞう》がとまりそうになった。

でも、いったい、どうやってオルビーを助けたらいいんだ？

ぐったりしたオルビーを、悪党《あくとう》どもが外へ運んでいく。

ふたりは、それを、ただ見ているほかなかった。

21 スクラップレス機《き》の中で

クラレとエディは、動かなくなったオルビーをかかえて、まっすぐスクラッププレス機《き》へ運んでいった。

スクラッププレス機《き》は、見た目は巨大《きょだい》な浴槽《よくそう》のようだ。四方のかべが動いて、中に投げ入れられたものをギューッとおしつぶし、四角いくず鉄のかたまりにしてしまうのだ。

今のところ、空《あ》き巣《す》ねらいのふたりは、リヌスとフレデリケにまったく気づいていない。

オルビーを見殺《みごろ》しにするもんか！

ふたりの友だちは、悪党《あくとう》どものうしろから大急ぎでついていった。見つからないように、そこらにつみ重ねられた車の残骸《ざんがい》にかくれながら。

なんとかしてオルビーを助けだすんだ！　自分たちの親友がスクラッププレス

機《き》でさいごをとげるなんて、そんなことがあってなるものか！

50メートルくらいまで近づいたとき、クラレとエディが、オルビーを巨大《きょだい》なプレス機《き》へ落としこむのが見えた。

「あれがスクラッププレス機《き》だ！　あれに入れられたら、どんなものもペチャンコだ。今すぐ助けださなくちゃ！　でないと、オルビーは一巻《いっかん》の終わりだよ！」

リヌスは気がへんになりそうだ。

以前《いぜん》、スクラッププレス機《き》の中に入れられた車が何台もいっしょにつぶれて、大きな鉄のサイコロになるのを見たことがあったんだ。

プレス機《き》の中に落とされたオルビーは、ガタガタと、古い冷蔵庫《れいぞうこ》と洗濯機《せんたくき》のあいだにころがっていった。

「これでよし！　さあ、スイッチを入れるぞ！」

クラレはそういうと、エディといっしょに、機械《きかい》の操作室《そうさしつ》に入っていった。

このしゅんかんを待っていたリヌスとフレデリケは、オルビーのところへひっしにかけていった。

すでに機械《きかい》は、ゆっくりと動きはじめている。プレス機《き》の四方のかべが、みるみるオルビーにせまってくる。

勇敢《ゆうかん》にも、ふたりはプレス機《き》の中に手をのばした。

そして、ブリキの親友をつかむと、力を合わせて外へ引っぱりだした！

危機一髪《ききいっぱつ》！

ふたりの目の前で、プレス機《き》は冷蔵庫《れいぞうこ》と洗濯機《せんたくき》をペチャンコにした。

オルビーはぐったりして動かない。

「かわいそうに！　どうしたらいいの？」

「だいじょうぶさ！　ほんのちょっと充電《じゅうでん》してやれば、オルビーはまたぜっこうちょうで動きだすよ！」

「あそこなら、きっと電源《でんげん》があるわ！」

フレデリケが指さした作業場は、ガランとしていて、せりあげ台の上に車が1台のっているだけだ。

リヌスとフレデリケは、小さなロボットを大急ぎでそこに運びこんだ。

ロボットの胸《むね》からコードを引きだし、コンセントにさしこんだとたん、オルビーの目が光りだした。

リヌスが、これまでのことを話してきかせると、オルビーは元気いっぱいしゃべりだした。

「リヌスとフレデリケ、助けてくれてありがとう！　オルビーは、今から、あのふたりの空《あ》き巣《す》ねらいをこらしめます！」

一方、ふたりの悪党《あくとう》は、自分たちに何がせまっているのか、まったく気づいていない。スクラップ機《き》のほうにもどってきて、中にサイコロ型《がた》の鉄くずがあるのを見ると、それをオルビーのなれのはてだと思いこんだ。

「これでもう、あいつにわずらわされる心配はないな！」

クラレはじょうきげんで、エディとライトバンに乗りこんだ。

「さあ、エディ、車をだせ！　金はあるんだ。パーッとやろうぜ！」

そのときだ、**ガクン！**　と音がして、ライトバンのま上のクレーンが、**ウィーン！**　と動きはじめた。

クレーンの先には、巨大《きょだい》な磁石《じしゃく》がぶらさがっている。

磁石《じしゃく》はどんどんおりてくると、**バチン！**　なんと、ライトバンの屋根にくっついた！

ライトバンは地面から浮《う》きあがった。つりあげられた魚みたいに。

「オルビーは、あの悪者たちを、宇宙《うちゅう》の旅へおくりだします！」

小さなロボットは、クレーンの操縦室《そうじゅうしつ》からさけぶと、レバーをグイッとおした。

そのとたん、**ビューーン！**　巨大《きょだい》な磁石《じしゃく》が、まるで高速エレベーターのように、すごいスピードであがっていった。ライトバンをくっつけたまま。

「助けてくれ！　助けてくれーー！」

クラレとエディは、こわくて、今にももらしそうだ。

10メートルもあがったところで、悪党《あくとう》どもの宇宙《うちゅう》への旅は終わった。

だが、ライトバンは、風にふかれるちょうちんのように、大きく横ゆれしている。

エディとクラレは、すぐに船酔《ふなよ》いを起こし、キュウリの酢《す》づけみたいな顔色になった。

「大漁《たいりょう》だ！　オルビーが大きな魚を2ひきもつりあげちゃった！」フレデリケがさけぶと、リヌスも腹《はら》をかかえてわらった。

それから、リヌスとフレデリケとオルビーの3人は、こっそり鉄くず置《お》き場《ば》をぬけだし、市民菜園《しみんさいえん》のかくれ家《が》にもどった。

一方、ライトバンの中にとじこめられたクラレとエディは、何がなんだかさっぱりわからない。

「おれたち、オルビーを、さっきスクラッププレス機《き》で処分《しょぶん》したよな？」

「うん、ボス、処分《しょぶん》しちまったよ」

「じゃあ、いったいだれがクレーンを動かしたんだ？」

「それより、ボス、いったいだれが、おれたちをここからおろしてくれるんだい？」

その答えは、つぎの朝、わかった。

おろしてくれたのは、警察《けいさつ》。

つまり、こういうわけだ。

朝、鉄くず屋の社長、ブレヒマイヤー氏《し》が鉄くず置《お》き場《ば》にきてみると、金庫が空っぽになっていた。つづいて、磁石《じしゃく》でつりあげられたライトバンを発見した。車の中には、見知らぬふたりの男。

「どうか、早くおろしてくれ！　すべて白状《はくじょう》する！　金庫やぶりはおれたちだ！」

ぐったりしたふたりは口々《くちぐち》にさけぶと、そのしょうこに、大きな札束《さつたば》をふたつ投げ落とした。

そのひとつが、おどろいてつったっていたブレヒマイヤー氏《し》の頭に命中。ブレヒマイヤー氏《し》は、ますます頭にきて、すぐさま警察《けいさつ》に電話をしたというわけだ。

警察《けいさつ》で取り調べをうけたとき、ふたりの悪党《あくとう》は、捜索《そうさく》ねがいのでているロボットに金庫やぶりをてつだわせたことを白状《はくじょう》した。

「それで、そのロボットは、今どこだ？」警察《けいさつ》はいきおいこんでたずねた。

「あいにく、スクラッププレス機《き》の中で、あわれなさいごをとげましたんで」と、クラレがさももうしわけなさそうにいった。

でも、もちろん、それは事実じゃなかったんだな。

22

行ってらっしゃい！　オルビー！

つぎの朝、新聞は、こぞって、大々的《だいだいてき》に報道《ほうどう》した。

捜索中《そうさくちゅう》のロボット、空《あ》き巣《す》ねらいのふたり組によって、破壊《はかい》される！

世界一頭のよいロボット、スクラッププレス機《き》の中でさいごをとげる！

科学界に大打撃《だいだげき》！

警察《けいさつ》、ロボットの捜索《そうさく》を打ち切る

こんな新聞の大見出しに、リヌスとフレデリケが大よろこびしているあいだ、当の小さなロボットは、みょうにしずかだった。

もう、自分をさがしだそうとする者がいなくなったのは、もちろんうれしい。

でも、いよいよ、ふたりの友だちにまじめな話をするときがきたんだ。

ロボットだから、ほんとに呼吸《こきゅう》しているわけじゃないが、オルビーはひとつ深呼吸《しんこきゅう》をした。それから、大きなレモンドロップの目で、リヌスとフレデリケを見つめた。

「オルビーは、重大なことを話さなければなりません。でも、その前に、ふたりに見せたいものがあります！」

オルビーはそういうと、友だちを物置《ものお》き小屋へつれていった。

ひと目見たとき、リヌスとフレデリケは、あっけにとられて口がきけなかった。

そこにあったのは、無数《むすう》の鏡《かがみ》をはりつけた浴槽《よくそう》。ふちから、たくさんのパイプ、電気コード、スプリング、それに古いレコードプレーヤーのラッパ型《がた》の拡声器《かくせいき》がつきだしている。

浴槽《よくそう》の中には、芝《しば》かり機《き》のモーターとつかい古した洗濯機《せんたくき》の部品がどっさりつめこまれ、それらがぜんぶ、ねじやくさりや歯車でふくざつにつながっている。

いったい、これは何？

何かの機械《きかい》？

芸術《げいじゅつ》作品かな？

それとも、その両方なの？

リヌスとフレデリケはドキドキしながら、そのえたいの知れない物体を見つめていたが、とうとう好奇心《こうきしん》をおさえきれなくなって、フレデリケが口を開いた。

「これ、オルビーがつくったの？」

「はい。これは、オルビーコプターです！」

オルビーが胸《むね》をはってこたえる。

レモンドロップの目が、ヘッドライトのようにまぶしく光った。耳はキラキラかがやいて、まるでクリスマスツリー飾《かざ》りの玉《ボール》みたいだ。

オルビーコプターを友だちが気に入ってくれたようなので、オルビーはうれしかった。

「それで、このオルビーコプターで何ができるんだい？」と、こんどはリヌスが聞いた。

「とぶことです！　オルビーコプターは、この太陽光発電の電気で動きます！」

小さなロボットは、専門家《せんもんか》らしく、てきぱきと説明《せつめい》しながら、浴槽《よくそう》にはりつけられた無数《むすう》の鏡《かがみ》を指さした。

オルビーが発明の天才だとは知っていたけど、それにしても……。

リヌスがたずねた。

「オルビー、これって、ほんとにとぶの？」

「オルビモーターの性能《せいのう》はもうし分ありません。すべてを正確《せいかく》に計算してつくりましたから！」

そういうなり、オルビーはオルビコプターの性能《せいのう》を知ってもらおうと、友だちに、ふくざつな計算や方程式《ほうていしき》を機関銃《きかんじゅう》のようにあびせかけた。

すべてがチンプンカンプン！　リヌスは思わず耳をふさいだ。

「いいよ、いいよ、オルビー、きみを信《しん》じるよ」

「そうよ、あたしも信《しん》じるわ。でも、オルビー、なんのためにオルビコプターをつくったの？　あたしたちを、ピクニックにでもつれていってくれるの？」

フレデリケの質問《しつもん》に、オルビーはすぐにはこたえられなかった。

ついに、このときがきてしまった。もっともおそれていたときが。

でも、いわなくちゃならない。おわかれのときがきたということを。

「オルビーは、広い世界にでていきます。新しい課題《かだい》が、オルビーを待っているんです」

「えっ？　いったい全体、なんの課題《かだい》さ？」と、リヌスが聞いた。

「オルビーにもまだわかりません。でも、オルビーの助けがひつような子どもが、ほかにもたくさんいるはずなんです！」

オルビーはそうこたえると、オルビコプターを物置《ものお》き小屋からおしだしはじめた。

リヌスとフレデリケは、ぼんやりつったったまま、それを見つめた。

ショックで口もきけない。

ほんとに、行っちゃうの？　ぼくたち、親友なのに！

リヌスの目に、なみだがこみあげてきた。

「かなしまないでください！　オルビーは、だいじょうぶですから」

小さなロボットが、ふたりをはげますように、鼻を**ピカピカ**光らせた。

こらえきれず、リヌスがさけんだ。

「でも、行っちゃうなんて、へボもいいとこだよ！　きみがいなくなったら、ぼく、いったいどうすればいいのさ？」

「オルビーの助けがなくても、リヌスはだいじょうぶです。ひとりで宿題もやれるし、料理《りょうり》もじょうずにできます！　それに、ひとりぼっちじゃありません。フレデリケという友だちがいますから！」

オルビーはそういって、ふたりの友だちにあくしゅの手をさしのべた。

リヌスはまだかなしかったが、めそめそしたままわかれるわけにはいかない。なんとかほほえもうとしていると、いきなり、フレデリケがだいたんな質問《しつもん》をした。

「ねえ、オルビー、あたしたちもいっしょに行けないの？」

「それには、オルビコプターは小さすぎます。でも、オルビーは、またもどってきますから！」

小さなロボットは、友だちを元気づけようと一生けんめいだ。

「やくそくする？」と、リヌスが聞いた。

「やくそくします！」

オルビーはそういうと、せまい操縦席《そうじゅうせき》にブリキの体をおしこんだ。

胸《むね》のコードをコンセントにさしこみ、いろいろなスイッチをつぎつぎにおしていく。

小さなマストにとりつけられた古いハト時計の針《はり》が、ゆっくりとぎゃくまわりに動きだした。

時計の中から、ハトがとびだし、秒読みをはじめた。

「10、9、8、7、6、5、4、3、2、1、発射《はっしゃ》！」

号令《ごうれい》をうけて、オルビーが古いコーヒーミルのハンドルをまわす。すると、**ゴロゴロゴロ……**。オルビモーターが、ねこがのどを鳴らすような音をたてて、ゆっくりと動きだした！

フレデリケのおばあちゃんがこれを見たら、さぞおどろくことだろう。

おばあちゃんのコーヒーミルに、こ

んなことができるなんて！

オルビコプターが、空中に浮《う》かんだ。オルビーのいったとおりだ。オルビモーターの性能《せいのう》はもうし分なかった。

オルビコプターは、ほんとにとんだ！　それどころか、あっというまに、高く高くとんでいく。

「元気でね、オルビー！　きっと、もどってきてよ！」

「待ってるからねー！」

リヌスとフレデリケは手をつなぎ、オルビコプターが雲にかくれて見えなくなるまで、手をふりつづけた。

■作家　**トーマス・クリストス**

ドイツの作家・脚本家。1957年ギリシア生まれ。ドイツのデュッセルドルフ在住。著作は多数あり、ロボットのオルビーが活躍する『宿題ロボット、ひろったんですけど』は好評を博し、続刊が刊行されている。

■訳者　**もりうち すみこ**

福岡県生まれ。翻訳家。埼玉在住。訳書『おじいちゃんの手』（光村図書）が産経児童出版文化賞翻訳作品賞、『語りつぐ者』（さ・え・ら・書房）が第60回青少年読書感想文全国コンクール中学校部門の課題図書に選ばれる。他の訳書に『おいしいケーキはミステリー!?』（あかね書房）、「ゆうれい探偵カーズ＆クレア」シリーズ、「名探偵犬バディ」シリーズ（国土社）などがある。

■画家　**柴田純与（しばたすみよ）**

福井県生まれ。千葉県在住のイラストレーター。装丁画や挿絵を中心に活躍。装丁画や挿絵の仕事に、『むこうがわの友だち』（ポプラ社）、『旅のおともはしゃれこうべ』（岩崎書店）、『星空点呼　折りたたみ傘を探して』（朝日学生新聞社）、『幕末舞妓、なみ香の秘密』（集英社オレンジ文庫）、『猫は剣客商売』（文藝春秋）などがある。

装丁　白水あかね
協力　金田　妙

スプラッシュ・ストーリーズ・29
宿題ロボット、ひろったんですけど

2017年３月　初　版
2023年７月　第７刷

作　者　トーマス・クリストス
訳　者　もりうちすみこ
画　家　柴田純与
発行者　岡本光晴
発行所　株式会社あかね書房
〒101-0065　東京都千代田区西神田 3-2-1
電　話　営業(03)3263-0641　編集(03)3263-0644
印刷所　錦明印刷株式会社
製本所　株式会社難波製本

NDC 933　151ページ　21 cm

ISBN978-4-251-04429-7

https://www.akaneshobo.co.jp

スプラッシュ・ストーリーズ

虫めずる姫《ひめ》の冒険《ぼうけん》
芝田勝茂・作／小松良佳・絵
虫が大好《す》きな姫《ひめ》が、金色の虫を追《お》う冒険《ぼうけん》の旅《たび》へ。痛快平《つうかいへい》安《あん》スペクタクル・ファンタジー！

強くてゴメンね
令丈ヒロ子・作／サトウユカ・絵
クラスの美少女に秘密《ひみつ》があった！　とまどいとかんちがいから始《はじ》まる小５男子のラブの物語《ものがたり》。

プルーと満月《まんげつ》のむこう
たからしげる・作／高山ケンタ・絵
プルーが、裕太《ゆうた》に不思議《ふしぎ》な声で語りかけた…。鳥との出会いで変《か》わってゆく少年の物語《ものがたり》。

バアちゃんと、とびっきりの三日間
三輪裕子・作／山本祐司・絵
夏休みの三日間、バアちゃんをあずかった祥太《しょうた》。認知症《にんちしょう》のバアちゃんのために大奮闘《ふんとう》！

鈴《すず》とリンのひみつレシピ！
堀　直子・作／木村いこ・絵
おとうさんのため、料理《りょうり》コンテストに出る鈴《すず》。犬のリンと、ひみつのレシピを考えます！

想魔《そうま》のいる街《まち》
たからしげる・作／東　逸子・絵
“想魔《そうま》”と名乗《なの》る男に、この世界《せかい》はきみが作ったといわれた有市《ゆういち》。もとの世界《せかい》にもどれるのか？

あの夏、ぼくらは秘密基地《ひみつきち》で
三輪裕子・作／水上みのり・絵
亡《な》くなったおじいちゃんに秘密《ひみつ》の山荘《さんそう》が？　ケンたちが調べに行くと…。元気な夏の物語《ものがたり》。

うさぎの庭《にわ》
広瀬寿子・作／高橋和枝・絵
気持《きも》ちをうまく話せない修《おさむ》は、古い洋館《ようかん》に住《す》むおばあさんに出会う。あたたかい物語《ものがたり》。

シーラカンスとぼくらの冒険《ぼうけん》
歌代　朔・作　町田尚子・絵
マコトは地下鉄でシーラカンスに出会った。アキラと謎《なぞ》を追い、シーラカンスと友だちに…。

ぼくらは、ふしぎの山探検隊《たんけんたい》
三輪裕子・作／水上みのり・絵
雪合戦やイグルー作り、ニョロニョロ見物…。山荘《さんそう》で雪国暮《ぐ》らしを楽しむ子どもたちの物語《ものがたり》。

犬とまほうの人さし指《ゆび》！
堀　直子・作／サクマメイ・絵
ドッグスポーツで世界をめざすユイちゃん。わかなは愛犬《あいけん》ダイチと大応援《だいおうえん》！

ロボット魔法部《まほうぶ》はじめます
中松まるは・作／わたなべさちよ・絵
陽太郎《ようたろう》は、男まさりの美空《みそら》、天然《てんねん》少女のさくらと、ロボットとのダンスに挑戦《ちょうせん》。友情《ゆうじょう》と成長《せいちょう》の物語《ものがたり》。

おいしいケーキはミステリー!?
アレグザンダー・マコール・スミス・作／もりうちすみこ・訳／木村いこ・絵
学校でおかしの盗難《とうなん》事件《じけん》が発生《はっせい》。少女探偵《たんてい》プレシャスが大活躍《だいかつやく》！　アフリカが舞台《ぶたい》の物語《ものがたり》。

ずっと空を見ていた
泉　啓子・作／丹地陽子・絵
父はいなくても、しあわせに暮《く》らしてきた理央《りお》。そんな日々が揺《ゆ》らぎはじめ…。

ラスト・スパート！
横山充男・作／コマツシンヤ・絵
四万十川《しまんとがわ》の流れる町で元気に生きる少年たちが、それぞれの思いで駅伝《えきでん》に挑《いど》む。熱《あつ》い物語《ものがたり》。

飛《と》べ！　風のブーメラン
山口　理・作／小松良佳・絵
大会を目指《めざ》し、カンペはブーメランに燃《も》えるが、ガメラが入院《にゅういん》して…!?　家族《かぞく》のきずなと友情《ゆうじょう》の物語《ものがたり》。

いろはのあした
魚住直子・作／北見葉胡・絵
いろはは、弟のにほとけんかしたり、学校で見栄《みえ》をはったり…。毎日を繊細《せんさい》に楽しく描《えが》きます。

ひらめきちゃん
中松まるは・作／本田　亮・絵
転校生《てんこうせい》のあかりは、ひらめきで学校に新しい風をふきこむ。そして親友の葉月《はづき》にも変化《へんか》が…。

一年後のおくりもの
サラ・リーン・作／宮坂宏美・訳／片山若子・絵
キャリーの前にあらわれるお母さんの幽霊《ゆうれい》。伝《つた》えたいことがあるようだけど……。

リリコは眠《ねむ》れない
高楼方子・作／松岡　潤・絵
眠《ねむ》れない夜、親友の姿《すがた》を追《お》ってリリコは絵の中へ。不思《ふし》議な汽車《きしゃ》の旅《たび》の果《は》てには…!?　幻惑《げんわく》と感動《かんどう》の物語《ものがたり》。

あま～いおかしに ご妖怪《ようかい》？
廣田衣世・作／佐藤真紀子・絵
ある夜、ぼくと妹の前にあらわれたのは、おっかなくて、ちょっとおせっかいな妖怪《ようかい》だった！

魔法《まほう》のレシピでスイーツ・フェアリー
堀　直子・作／木村いこ・絵
みわは、調理同好会《ちょうりどうこうかい》の危機《きき》に、お菓子《かし》で「妖精《ようせい》の国」を作ると言ってしまい…!?　おいしくて楽しいお話！

アカシア書店営業《えいぎょう》中！
濱野京子・作／森川　泉・絵
大地《だいち》は、児童書コーナーが減《へ》らされないよう、智也《ともや》、真《ま》衣《い》、琴音《ことね》といっしょに奮闘《ふんとう》！　アカシア書店のゆくえは？

逆転《ぎゃくてん》！ドッジボール
三輪裕子・作／石山さやか・絵
陽太《ようた》と親友の武士《ぶし》ちゃんは、クラスを支配《しはい》するやつらとドッジボールで対決《たいけつ》する。小４男子の逆転《ぎゃくてん》のストーリー。

流れ星キャンプ
嘉成晴香・作／宮尾和孝・絵
圭太《けいた》は秘密《ひみつ》のキャンプがきっかけでおじいさんと少女に出会う。偶然《ぐうぜん》つながった三人が新たな道を歩きだす物語《ものがたり》。

はじけろ！パットライス
くすのきしげのり・作／大庭賢哉・絵
入院《にゅういん》したおばあちゃんの食べたいものをさがすハルカ。弟や友だちのコウタといっしょに手がかりをたどる…。さわやかな物語《ものがたり》。

ふたりのカミサウルス
平田昌広・作／黒須高嶺・絵
“恐竜《きょうりゅう》”をきっかけに急接近《きゅうせっきん》したふたり。性格《せいかく》は正反対《せいはんたい》だけど、恐竜《きょうりゅう》のように友情《ゆうじょう》も進化《しんか》するんだ！

宿題ロボット、ひろったんですけど
トーマス・クリストス・作／もりうちすみこ・訳／柴田純与・絵
ある日ぼくが見つけたのは、研究所からにげてきた小さなロボット！　頭が良くて、宿題も何もかもおまかせ !?